인생을 낭비한 죄

직장인이 경제적 자유를 얻는 유일한 방법론

인생을 낭비한 죄

초판인쇄	2022년 3월 22일
초판발행	2022년 3월 29일
지은이	이치헌
발행인	조현수
펴낸곳	도서출판 더로드
기획	조용재
마케팅	최관호
편집	이승득
디자인	토 닥
주소	경기도 고양시 일산동구 백석2동 1301-2 넥스빌오피스텔 704호
전화	031-925-5366~7
팩스	031-925-5368
이메일	provence70@naver.com
등록번호	제2015-000135호
등록	2015년 06월 18일
ISBN	979-11-6338-243-0 03810

정가 15,000원

파본은 구입처나 본사에서 교환해드립니다.

이치헌 지음

내 인생 내가 선택하는 게
그렇게 무모한 짓일까?

이런 걸 두괄식이라고 하죠?

첫 장 들어가기도 전에 이 책의 주제를 단 한 문장으로 먼저 정리해 드리겠습니다.

"직장을 때려치워라!"

이 말에 공감하고 당장 실행하실 분이라면 이 책 안 읽으셔도 됩니다.

반대로 직장에서 충분히 인정받고 있고, 더 높은 자리에 오를 비전도 있고, 직장 생활이 충분히 즐겁고 재테크를 잘했거나, 유산 받을 게 좀 있어서 돈 걱정 없는 분도 굳이 이 책을 읽으실 필요는 없을 것 같습니다.

저는 직장 생활이 즐겁지 않지만, 가족을 먹여 살려야 한다는 책임감은 강하고, 내 사업을 하거나 다른 일을 벌여볼 용기는 없는, 그래서 현실에 순응하며 이 길만이 내가 사람 구실하며 살 수 있는 유일한 길이겠거니 하는 마음으로 할 수 없이 끌려가듯 오늘도 출근하고 있는 이 땅의 직장인들을 위해 이 책을 썼습니다.

왜냐하면 그게 예전의 제 모습이기 때문입니다.

모든 직장인들은 가슴 속에 사표를 품고 산다고들 하죠. 로또만 되면 이놈의 회사 당장 때려치우겠다는 말도 지겹도록 듣는 소리입니다. 제가 만난 대부분의 직장인들은 회의나 회식 자리에서는 회사를 위해 한몸 불사를 것 같이 화이팅을 외치지만 뒤돌아서면 힘들다, 다니기 싫다고 혼잣말을 하곤 했습니다. 하지만 진짜 퇴사를 해버리거나 진지하게 퇴사를 고민하는 경우는 의외로 보기 드물었습니다.

아직 선택의 여지가 있다고 판단되는 신입급 직원들은 요즘 같이 취업이 힘든 시대에도 여전히 퇴사율이 높습니다. 하지만 한 직장에 들어간 지가 한 4~5년 정도 접어드는 시점부터는 동종 업계로 옮기는 것 빼고는 퇴사를 결심하기가 현실적으로 어려워집니다. 그래도 용기 내어 퇴사하고 창업하는 동료의 사례를 가끔은 보게 됩니다만, 그 전 동료에게 어떻게 지내냐고 물어보면, 드라마 〈미생〉

에 나왔던 바로 그 대답이 돌아오곤 합니다.

"회사는 전쟁터지? 밖은 지옥이야!"

그러면서 "너는 힘들어도 회사에 꼭 붙어 있어야 한다."라는 진심 어린 충고를 받게 됩니다.

어떡하면 좋을까요? 회사 다니는 것 말고 우리에게 진정 선택은 없는 것일까요?

내 인생인데 왜 항상 내 선택이 아닌 거지?

한 번 뿐인 인생이고 내 인생입니다. 하지만 돌아보면 내 인생의 갈림길에서 온전히 내 선택으로 이뤄진 일이 얼마나 있었나 싶습니다. 학교는 그냥 무조건 가야 하는 곳이었고, 남자분인 경우 군대도 당연히 내 선택이 아니었죠. 사회에 던져지는 순간 드디어 내 선택으로 살게 되는 듯한 착각이 잠시 들기도 합니다만, 우리는 양떼몰이 무리 속의 한 마리 양처럼 안정된 직장, 공무원, 대기업, 안 되면 중견기업이라도… 이런 루트를 향해 내몰렸습니다. 이 길로 가야 살아남는 거고, 그렇지 못한 사람은 낙오자가 되는 거라고 생각했습니다. 1980년대까지만 해도 다들 쳐다도 안 봤던 하급 공무원만 되어도 주변의 축하를 받는 세상이 되었습니다.

그렇게 치열한 경쟁을 뚫고 기어이 차지한 나의 자리, 내가 속한 회사, 나의 직급, 나의 월급.

어떠십니까? 행복하십니까? 당신은 꿈을 이룬 사람입니까?

저는 이 질문에 '예'라고 답할 사람이 열 명 중 한 명도 안 된다는 걸 제 경험으로 알고 있고, 통계로도 알고 있습니다. 당신의 어린 시절, 장래 희망은 적어도 회사원은 아니었을 겁니다. 그저 지금 당장은 이 길밖에 없고, 이만하면 잘하고 있는 거고, 스스로 이젠 철이 들어서 현실을 자각한다고 생각하기에 다른 길을 찾으려는 노력조차 에너지 낭비로 느껴지게 되는 거죠.

하지만 월요일 출근길이 즐겁지 않은 곳에 당신이 자리잡고 있다면 당신의 삶은 어딘가 잘못된 겁니다. '남들도 다 그렇게 산다, 인생은 원래 그런 거다'라는 도그마에서 벗어나야 합니다. 직장인이라는 현재 당신의 모습은 돌아보면 아마 당신의 선택이 아니었을 확률이 높습니다. 그저 그렇게 살아야 한다고 내몰려서 여기까지 온 것뿐.

나라고 좋아서 이러고 있나? 대안이 없잖아, 대안이!

저는 이 땅의 직장 탈출 전도사가 되고 싶은 사람입니다. 20년의 직장 생활을 통해 회사라는 조직에 찌들 대로 찌들어도 봤고, 과감히 탈출해서 인생의 반전을 만들어도 봤습니다. 그리고 제가 겪었던 고통을 지금도 겪고 있는 수많은 직장인들을 제 힘으로 한 분이라도 더 구해 드리고 싶다는 나름의 사명감으로 이 책을 썼습니다.

대안? 있죠. 그거 없이 무턱대고 회사 때려치우라고 말하는 건 무책임한 짓이죠.

이 책은 크게 두 가지 이야기를 합니다.

첫 번째는 사람은 모름지기 직장을 다녀야 한다는 고정관념을 타파하고, 당장 직장을 탈출해야 한다는 저의 메시지를 전하는 내용입니다. 우리 사회의 공고한 패러다임에 싸움을 거는 것이고, 많은 비판과 반론이 따를 수 있다는 점 또한 잘 알고 있습니다. 그래서 저와 당신의 생각과 감정과 사고방식의 싱크로를 맞춰 가는 과정이 대단히 중요하다 생각합니다.

두 번째는 대안을 드리는, 즉 직장을 탈출하기 위한 실질적인 전략과 방법을 제시하는 내용입니다. 무조건 탈출한다는 목표부터 세우고, 시간을 확보하고, 부업부터 시작해서 본업을 초과하는 수익이 발생될 수 있음을 확인한 후 당당히 회사 문을 박차고 나오는 일련의 프로세스가 담겨 있습니다. 온라인, 언택트, 1인 기업, 4차 산업혁명 등의 키워드가 부상하면서 굳이 큰돈을 들여 창업을 하지 않더라도 직장인 부럽지 않은 수익을 창출할 수 있는 새로운 방법들이 아주 많이 생겼습니다. 하지만 이 땅의 직장인 분들 중 주식이나 부동산 투자에는 신경을 써도 새롭게 다가오고 있는 세상의 변화에는 의외로 둔감한 분들이 많이들 계십니다.

아주 러프하게 이 책을 분류하자면, 아마 에세이 내지 자기계발서의 성격과 철저한 실전 중심의 실용서의 성격이 섞여 있을 것입니다. 일관성과 통일성을 위해 전자만 다루고, 실전 전략 부분은 빼버렸다가 나중에 따로 쓸까 생각도 했었지만, 그랬다간 이 책 전체가 무책임한 선동으로 끝나는 걸로 받아들여질 수도 있겠다는 걱정이 들었습니다. 그래서 서로 다른 두 가지 콘셉트의 내용을 한 권에 다 담기로 결정했구요. 대신 각 파트의 내용을 최대한 콤팩트하게 축약했습니다.

이 책의 내용을 다시 두 줄로 요약해 드리겠습니다.

"회사를 때려치워라.
방법을 알려주겠다!"

당신이 건강을 잃지 않았다면 나이와 상관없이 아직 늦지 않았습니다.

다시 꿈꾸는 방법을 알려 드리겠습니다.

이 책을 덮자마자 새로운 도전에 대한 흥분 속에 시간 확보 계획을 짜는 당신의 모습을 상상해 봅니다. 저는 그러한 당신을 응원하며 항상 당신의 편에 서서 아낌없는 도움을 드릴 것임을 약속합니다.

다음 생이 아닌 이번 생에
경제적 자유를 얻는 방법

리처드 버크만이 쓴 갈매기의 꿈에는 이런 구절이 나옵니다.

"이번 생에서 배운 것을 통해 다음 생을 선택한단다. 아무 것도 배우지 못하면 다음 생은 이번 생과 똑같아."

우리는 성장하면서 부모님이 가르치는 내용을 그대로 따라하게 됩니다. 그러다가 성인이 되고 사회생활을 하게 되었을 때 알게 됩니다. 내 자녀의 인생도 나와 똑같이 키울 수 밖에 없음을 말입니다. 스스로 만족할 만한 인생이면 상관 없겠지만, 거의 대부분 아쉬움과 안타까움을 남기는 인생일 것입니다. 그 아쉬움의 크기는 남의 밑에서 다람쥐 쳇바퀴 도는 삶을 살 수 밖에 없다는 것을 깨달았을 때 가장 커질 겁니다.

이런 이유로 많은 사람들이 요즘 유행하는 경제적 자유를 꿈꾸는지 모르겠습니다. 하지만 막상 이 굴레에서 벗어나고자 하더라도 방법을 모르기 때문에 엉뚱한 곳에 시간과 비용을 쏟고 결국에는 다람쥐 인생으로 돌아갑니다. 그도 그럴 것이 본업 외 돈 버는 방법에 대해 고민한 적 없는 사람이 갑자기 돈 버는 방법을 고민한다고 해서 뾰족한 묘수가 나오지도 않고, 묘수를 찾더라도 내 삶에 적용하는 것은 또 다른 문제이기 때문입니다.

그런데 저자는 자신 있게 말합니다. "회사 때려치워! 방법을 알려주겠다!"

그저 호기심을 끌기 위해서라고 볼 수도 있겠지만, 위 말에 책임을 질 정도의 내용이 담겨 있다면 이보다 더 강력한 책이 있을까요? 저 역시 온라인 퍼스널 브랜딩 영역을 성공시키기 위해 많은 시행 착오를 거쳤습니다. 그렇기 때문에 본 책에 나온 전략과 방법이 진짜임을 인정하며, 처음 시작하는 사람에게는 무조건 도움이 된다고 말할 수 있습니다.

책에서 아쉬운 점이 있다면 본 저서는 생각보다 높은 수준의 내용까지 적어 놓았기 때문에, 읽는 사람에 따라서 이해가 어려울 수 있습니다. 바꾸어 말하면 지식창업가가 알아야 될 실전 내용을 이 책 한 권에 다 담았다는 이야기입니다.

단순 이론에 머무르지 않고 직장을 나와서 무자본 사업가가 될 수 있는 방법을 상세히 적어 놓은 이치헌 대표님의 진정성에 경의를 표합니다. 그는 실제로 한국 대기업에서 오랫동안 근무했던 회사원이었습니다. 정말로 부의 추월 차선에 올라 탈 수 있는 방법을 적어 놓은 이 책은 월급쟁이가 아닌 제 2의 성공을 희망하는 사람들에게 도움이 될 것이라 봅니다. 다음 생이 아닌 이번 생에서 부유한 인생을 살기를 바라는 사람들에게 일독을 권합니다.

건물주 아이키우기 협회 대표
박익현

◇
◇
◇

사업가들의 글쓰기 멘토인 이박사(저자의 별명)님이 책을 쓴다기에 당연히 글쓰기 관련 책일 거라 지레 짐작했었습니다. 그런데 막상 내용을 보니 직장인들이 회사를 탈출하고 자신의 사업을 할 수 있도록 도와주는 책이더군요. 뭘 하든 자신만의 방식으로 탁월한 성과를 올리는 분이니 그러려니 하지만 어쨌든 예상 밖이었습니다.

저는 사업가를 양성하는 일을 업으로 삼고 있습니다. 수강생들에게 진정 자신이 가장 잘 할 수 있고, 자신이 해야 명분과 정당성을 갖는 일, 생각만 해도 가슴이 뛰고 사명감까지 느끼는 그런 일을 해야 한다고 늘 얘기합니다. 저자가 이런 주제의 책을 쓰게 된 계기도 이와 일맥상통하는 것 같습니다.

저자는 20년 동안 대기업 직장인이었고, 그 기간이 고스란히 인생의 낭비였다고 주장합니다. 우리가 세상을 살아가는 표준적인 규칙이 있다면 저자는 그 규칙을 충실히 잘 따르다가 어느 순간 반기를 든 것이라 볼 수 있습니다. 하지만 사업하는 사람들은 누구나 이미 다 알고 있는 얘기입니다. 직장인이라는 보이지 않는 쳇바퀴를 억지로 굴려가며 보내는 인생은 최소한의 생존은 보장되겠지만 돈과 시간의 자유라는 꿈으로부터는 영원히 멀어지는 것임을. 그렇다고 그런 이야기를 자기 회사의 직원들에게 설파할 수는 없지 않겠습니까?

그런 면에서 이 책의 내용은 과감하고 또 용감합니다. 누군가는 몰라서 말 못 해주고, 다른 누군가는 알아도 말 안 해주는 날 것 그대로의 이야기를 거침 없이 해 버립니다.

저자의 주장처럼 이 책을 읽고 정말로 회사를 때려치우는 사람이 얼마나 될 지는 장담 못 하겠습니다. 하지만 확실한 한 가지는 독자가 무척 생각이 많아지게 될 거란 점입니다. 애초에 직장 생활이 행복하고 월급에 만족하는 사람이라면 펼쳐볼 필요가 없는 책입니다.

이건 뭔가 잘못된 것 같은데. 인생이 이대로 흘러가게 내버려두면 안 될 것 같은데.

이 땅의 직장인들 중 대부분은 막연하게나마 이런 생각을 하며 살아갑니다. 저자도 그렇게 생각만 하면서 20년을 보냈구요. 그러다가 쇼생크 탈출보다 더 짜릿하게 직장을 탈출하고 자신의 사업을 만들어낸 이야기가 이 책에 담겨 있습니다.

그런데 이게 다라면 독자에겐 그저 부러운 이야기에 불과하겠죠. 저자는 한 발 더 나아갑니다. 직장인이 월급쟁이라는 사슬을 끊고 나와 자신의 사업을 구축하고 영위하는 모든 방법론과 노하우를 아낌 없이 담았습니다. 이 책 한 권만 읽어도 어지간한 사업 하나쯤은 돈 안 들이고 만들어낼 수 있는 수준입니다. 시중에 범람하는 각종 돈 벌기 관련 책이나 강의들과는 차원이 다른 깊이가 있습니다.

과거의 자신과 같은 처지에 있는 대한민국 직장인들에 대한 저자의 측은지심에는 진정성이 느껴집니다. 그 진정성으로 인해 한 권의 책 안에 돈 받고 팔아야 할 법한 노하우나 필살기 같은 것들이 이처럼 듬뿍 담기지 않았나 싶습니다. 책에서 시킨 대로만 따라하면 누구나 돈과 시간의 자유를 얻고 프리리치가 될 수 있음을 제가 보장합니다.

한국비즈니스협회
회장 심길후

나의 직장 탈출기

1장

나는 사실은 크게 될 놈이었다

어느 집단에나 돋보이는 사람이 있고 리더가 있다.

스무 살 무렵까진 난 분명 그런 사람이었다. 학창시절 성적은 항상 반에서 1등이었고, 반장 아니면 부반장이었고, 친구도 많은 인기인이었다. 노래도 잘하고, 운동도 즐겨하고, 학교 선생님들부터 교실 맨 뒷자리에 서식하는 불량한 녀석들에게까지 두루 사랑받는 캐릭터였다.

당시 나를 알았던 사람들은 10~20년 뒤엔 내가 꽤 잘 나가는 사람이 되어 있을 거라 믿어 주었던 것 같다. 사실은 스스로도 그 점에 대해 의심하지 않았었다. 빛나는 미래가 기다리고 있을 거라 믿었던 10대 시절, 그때의 나는 슬프도록 찬란했었다.

연세대 법학과에 입학을 했다. 중고교 시절만큼 콧대가 높진 않았다. 더 이상 무리 중에서 1등이 아니었다. 다들 나만큼 공부 잘하는 녀석들이 모인 곳이었으니까. 공부 대신 데모하러 거리에 자주 나갔다. '일신의 영달이 아니라 억압받는 민중을 위해 살아야 해.' 대학까지 들어와서도 사회적 약자들을 돌아보지 않고 도서관에 박혀 있는 건 용납할 수 없다고 생각했다. 돌아보면 가소롭지만, 이 역시 내가 남들처럼 평범하게 살 그릇이 아니라는 믿음으로 빚어진 인생관이었다.

원래의 라이프 플랜은 사법고시에 한 번 도전해 보는 거였다. 해 보다 정 안 되면 취업하면 되니까. 선배들 보니까 아무 대기업이나 골라 갈 수 있던데 뭐.

하지만 군 제대 후 세상은 완전히 달라져 있었다. IMF라는 비극이 대한민국을 덮쳤고, 어려운 가정 형편에 몇 년씩 혼자 공부를 하고 있을 여력은 없었다. 취업이라도 해야겠다 싶어 여러 대기업에 원서를 제출했으나 탈락의 연속이었다. 이럴 리가 없는데? 비록 학점관리는 엉망으로 했지만, 나라는 사람이 워낙 빛나는 존재라 세상이 나를 모셔가려 해야 하는 건데?

꽤나 여러 곳에 원서를 넣었던 덕에 그래도 면접 보러 오라는 회사가 없지는 않았다. 그 중 한 회사에 최종 합격을 했다. 일단 한숨은 돌렸다 싶었다. 어쨌든 대학을 졸업하는 시점에서 백수가 아닐 수 있게 됐으니. 월급은 200만 원이 약간 넘었다. 당시 삼성전자보다 높은 급여였다. 하지만 내 기분엔 비현실적으로 적게 느껴졌다. 이게 뭐지? 나는 거인이 될 사람인데 고작 이걸 받으라고?

일단 몸을 의탁할 곳이 필요해서 입사를 했지만, 임시방편이라고 생각했다. 나는 이딴 곳에서 평생 썩을 사람이 아니다. 적당히 돈 좀 모으면서 내게 주어질 또 다른 기회를 잡을 것이다. 설마 이렇게 재미없게 내 삶이 계속 흘러가진 않을 것이다.

그런 마음으로 넥타이를 매고 잠도 덜 깬 채 출근길에 오르는 일상이 시작되었다. 그리고 그렇게 그 한 회사에서 20년이 지났다.

난 누군가? 또 여긴 어딘가?

여느 대기업처럼 입사와 함께 신입사원 연수 과정이 시작됐다. 경기도 어딘가의 외지고 공기 좋은 산골에 지어진 꽤 으리으리한 연수원에서 그룹 과정, 계열사별 과정, 도합 한 달 정도의 합숙을 했다.

창업주가 얼마나 훌륭한 기업가 정신을 갖고 지금까지 얼마나 잘해 왔는지를 제일 먼저 배웠으며 주인의식을 가져라, 자기계발을 게을리하지 마라, 뭐 이런 뜬구름 잡는 얘기들이 흘러갔다. 이어서 실무 교육 파트에 접어들었을 때, 나는 그제서야 이 회사가 뭐 하는 회사이며, 내가 앞으로 어떤 일을 해야 하는지 비로소 대략 감을 잡을 수 있었다. 그렇다. 나는 이 회사가 뭐 하는 회사인지도 모른 채 입사를 했던 것이다.

본사 총무팀 등을 거쳐서 3년 차에 최초로 자리잡은 곳은 영업관리 파트였다. 나보다 훨씬 더 연배가 높은 분들이 내게 '소장님', 혹은 '실장님', 심지어는 '지점장님'이라고 부르면서 예의를 깍듯하게 차려 주시는 그런 분위기였다. 정직원 출신의 관리자라는 신분 덕분이지 내가 잘나서 그런 게 전혀 아니었다. 그리고 그분들 중엔 나보다 급여가 훨씬 높은 분들이 태반이었다.

당시 나의 문제는 직장 생활 몇 년 하면서 대리 진급까지 했음에도 현실감이 없었다는 거였다. 이 회사가 내 회사라는 생각이 여전히 들지 않았고, 그렇다고 다른 대안을 찾는 노력을 딱히 한 것도 아니었다. 돈을 더 벌고 싶으면 내가 관리했던 그 영업조직의 일원으로 새롭게 출발하는 게 훨씬 나아 보였다. 하지만 그렇다고 남에게 아쉬운 소리를 해야 하는 영업직을 하고 싶지도 않았고, 대기업 지점장이라는 간판을 내려놓기도 싫었다. 20대 때의 포부는 어디 가고 소위 가오만 남은 것이다.

엄청난 딜레마에 빠진 것처럼 보이겠지만, 사실 그 당시의 나는 이러한 상황들에 대해 크게 고민하지도 않았던 것 같다. 그럴 틈이 없었으니까. 지금이야 주 52시간 제도가 정착되고 있지만, 그때만 해도 오전 8시 출근만 정해져 있고 퇴근 시간은 따로 없었다. 빨리 퇴근하면 9시 안팎, 늦으면 11시를 훌쩍 넘기곤 했다. 게다가 이렇게 늦게 퇴근해도 동료들과의 크고 작은 술자리가 거의 항상 있었다. 회사 내의 고급 정보 유통, 인적 네트워크 형성, 상사 뒷담화로 스트레스 풀기 등이 다 이 술자리에서 이뤄졌다. 또한 지금처럼 주 5일제가 아니라 토요일까지 일하던 시절이었다. 주 6일간을 잠자는 시간 빼고 모두 회사에 바치고 나면 일요일 하루는 그동안의 피로를 풀기에도 짧은 시간이었다.

지옥의 안락함

이렇게 숨막히는 시간들을 보내다 보면 어느 새 한 달이 지나고, 통장에는 월급이 꽂혀 있었다. 현실감각을 찾은 상태로 돌아보니 이 월급, 결코 적지 않았다. 의사나 변호사 등의 전문직을 제외하면 샐러리맨 기준에서는 최상급이었다. 입사 초기에는 이렇게 적은 돈에 내 청춘을 바칠 순 없다고 생각했으나, 그보다 더 큰돈을 벌 방도가 보이지 않았다. 퇴사한 선배들의 후일담을 들어봐도 결국 동종 업계에서 떠돌거나, 자영업하다가 망하거나 하는 이야기뿐, 성공해서 회사 다닐 때보다 더 나은 삶을 쟁취해 낸 이야기는 들어 본 적이 없었다.

결국 나는 이 회사가 나의 현재이자 미래라는 명제를 받아들이기로 했다. 입사한 지 얼마 안되어 퇴사하는 신입사원을 볼 때면 '나도 한때 저랬었지. 철이 없어서 그래!' 이런 꼰대 같은 생각이 들었다. 마음에 안 드는 점이 많고, 이상과 비교하면 미흡하더라도 이 순간, 이 자리가 내겐 최선이라고 생각했다. 어느덧 30대 초반, 그때의 나는 내가 늙었다고 생각했다. 이 회사 아니고선 나처럼 나이 많고 특별한 기술도 없는 사람을 이 정도 월급 줘가며 받아줄 곳이 없을 거란 결론을 내렸다. 결혼하고 가정을 꾸렸다. 이제 더 이상 도망칠 곳은 없었다.

그렇다면 이제부턴 회사에 모든 걸 바치고 충성을 다할 차례다. 그런데 그게 또 생각처럼 쉽지 않은 거다.

일단 나 자신의 문제부터 짚고 넘어가야 한다. 당시의 나는 붕 뜬 기분으로 최선을 다하지 않는 생활 습관이 뿌리내려 있었다. 여전히 회사에 대한 충성심 같은 건 없었고, 주인의식 따윈 느껴지지 않았다. 어차피 회사에서 나라는 존재는 거대한 기계의 볼트 하나에 불과할 텐데, 볼트가 충성심이나 주인의식을 갖는 건 웃기는 일이지 않은가?

그리고 성과에 따른 차등이 있긴 했지만, 기본적인 급여는 정해져 있었다. 혼신의 힘을 다해 회사에 큰 이익을 안겨준 사람이나, 적당히 시간 때우며 소위 말하는 월급 도둑질하는 사람이나, 회의 시간에 얼마나 더 깨지느냐의 차이만 존재할 뿐, 벌이는 크게 다르지 않았다. 이러한 아주 합리적인 판단 하에 나는 월급 도둑의 길을 걸었던 것 같다.

돌아보면 당시의 나는 이미 윗사람들에게 찍혀 있었다.

실적도 딱히 좋지 않았다. 영업관리라는 일은 결국 본인이 직접 영업하는 게 아니다 보니 산하의 영업조직들이 얼마나 잘해 주느냐로 평가가 결정된다. 그래서 본인의 역량보다 어느 지점으로 발령 받았느냐 하는 운이 더 크게 작용하는 경우가 많다. 내가 맡았던 지점들도 하나같이 지점장의 무덤이라 불리는 곳들이었다. 핑계를 대려는 건 아니다. 혼을 담아 열심히 일하는 직원이라면, 그런 지점을 맡게 되는 순간부터 어떻게든 살려 보려고 안간힘을 쓸 것이다. 하지만 나는 '이 지점이 잘 안되는 건 내 탓이 아니잖아?'라고 스스로에게 면죄부를 부여했다. 애당초 그런 지점들만 맡게 된 이유가 회사 입장에서 내가 미덥지 않아서였을 것이다.

사실 월급쟁이는 실적이 나빠도 사내 정치만 잘하면 어느 정도 운신할 수 있다. 그래서 다들 회식 자리에 웬만하면 빠지지 않으려

하고, 상사와 주말 골프 모임을 갖기도 한다. 그러다 보면 자연스럽게 24시간, 365일을 회사 일, 혹은 회사와 관계된 일만 하며 보내는 '진정한 직장인'이 완성되는 것이다.

이미 사적으로 친구 하나 만나기도 힘들 정도로 회사에 매어 있는 상태였지만, 상기한 '진정한 직장인'이 되는 것만은 죽기보다 싫었다. 원래 술이 안 받는 체질이라 술자리는 항상 부담스러웠는데, 그보다도 거기서까지 이어지는 회사 관련 이야기들이 더 싫었다. 회사가 인생의 전부라는 걸 받아들인다면 싫을 이유도 없을 당연한 현상이거늘, 나는 끝까지 그 경지에는 닿지 못했다.

그렇잖아도 얼마 없는 나만의 시간을 또 회사에 뺏길까봐 골프는 일부러 배우지 않았고, 동료 직원들의 경조사는 잘 챙겼지만, 그들을 회사 밖에서까지 챙기지는 않았다. 세상 만사 뿌린 대로 거두는 법. 내가 나만의 선을 긋고 있다는 걸 누구나 눈치챘을 것이다. 그렇게 나는 차츰 회사에서 소외되기 시작했다.

뭔가 잘못 흘러가고 있다는 생각은 늘 들었다. 내 삶의 만족도 내지 행복도를 자가 진단해 보자면, 입사 이후 꾸준히 하락을 거듭하고 있었다. 이 회사를 다니는 것이 유일한 길이란 결론 하에 기한 없이 내 몸을 의지하기로 했으면서도 회사에 올인할 생각은 전혀 없는 어정쩡한 상태. 인생 전체가 하나의 딜레마에 빠진 듯했다.

하지만 고민할 틈도 없을 정도로 회사 생활은 바빴고, 그러다 보면 또 어느새 한 달이 지나 월급이 들어와 있었다. 대기업 대리에 관리자라는 간판도 어디 가서 빠지지 않았다. 나날이 줄어드는 자존감과 달리 경제적 기반은 차츰 갖춰지고 있었다. 나의 아픔을 가족이나 친구에게 하소연할 수는 없었다. 설령 이곳이 지옥이라도 그건 내가 택한 지옥이니까.

헬게이트 오픈

충격적인 인사 발령을 통보받았다. 기존의 영업관리 직군에서 보상 서비스 직군으로 아예 직군을 옮기는 발령이었다. 아주 가끔 직원의 경력관리 차원에서 있었던 보직 순환 발령이긴 한데, 나는 이미 입사하고 10년을 채운 시점이었다. 메시지는 명확했다. 대기업 사규 상 자를 수는 없으니 다시 돌아올 수 없는 먼 곳으로 귀양 보내겠다는 것.

아주 꼴보기 싫은 상사가 있었다. 본인의 입지를 위해 직원들에게 한없이 가혹했던 사람이었다. 직원들끼리 삼삼오오 모이면, 이 상사를 씹는 게 모두의 여흥거리였다. 불합리한 지시에 분노하고, 편파적인 인사에 쌍욕하는 게 일상이었다. 그런데 나란 놈은 참 눈치도 없지. 이 상사에게 찍힌 건 결국 나 하나였다. 다들 뒤에선 욕하면서도 앞에선 충성하는 척들을 그렇게 잘하는데, 나는 표리부동한 모습을 굳이 보이고 싶지 않았었나 보다. 개겼다는 거다.

저 인간 밑에서 직장생활의 비전을 찾는 건 도저히 안되겠다 판단했고, 그 판단 자체가 잘못은 아니었다. 하지만 다른 동료들이 다음 인사발령만 기다리며 소나기는 피해 가자는 식으로 이성적인 대응을 했던 것에 반해, 나는 심하게 티가 났었나 보다. '그래도 여긴 대기업이라 자르지는 못하겠지'라는 안이한 생각도 했던 것 같다. 그런데 나는 영업관리 부서에서 뚜렷한 실적을 낸 것도 아니었고, 직장 밖에서의 활발한 정치 활동을 통해 아군을 잔뜩 만들어 놓은 것도 아니었다. 그 결과 이렇게 단칼에 숙청 당했을 때도 누구 하나 내 입장을 대변해 주거나 하지 않았다.

이런 더러운 꼴을 당하다니, 그냥 때려치워 버릴까?

하지만 아무런 준비도, 계획도 없이 화가 난다는 이유만으로 퇴사를 결심하기엔 당장의 호구지책이 문제였다. 당시 아직 달콤한 신혼의 꿈을 꾸고 있던 아내에게 내 발로 회사를 박차고 나오겠다고 차마 말할 수 없었다. 어머니와 동생들을 건사해야 했던 장남으로서의 책임감도 불확실한 미래를 향해 달려가는 것에 강력하게 제동을 걸었다.

무엇보다도 나 자신이 이 회사 바깥 세계에 적응할 수 있다는 자신감이 전혀 없었다. 회사를 그렇게 싫어하면서도 회사 없이는 아무것도 할 수 없고, 회사 밖으로 나가는 순간 갓난아이와 다름없는 게 당시의 나라는 사람이었다.

저쪽 직군도 어차피 사람 사는 곳이니 세상이 무너진 것처럼 오버하지 말고 그냥 묵묵히 새로 일 배우면서 일단은 버텨보자 마음먹었다. 관점을 달리 보면 회사가 나를 자르고 싶어도 자르지는 못한다는 걸 확인한 셈이니, 앞으로는 조금은 더 편안한 마음으로 주어지는 일만 잘 처리하면서 느긋하게 회사를 다녀보자는 생각도 했다.

할 수만 있다면 칼로 도려내고 싶은 기억들. 자존감이 박살난 채 가슴속으로 매일같이 울부짖었던 지옥의 10년, 그렇게 회사 생활 후반전이 시작되었다.

파괴된 사나이

흔히들 말한다. 세상에는 돈보다 더 중요한 가치가 있다고. 그 가치를 어디에 두느냐에 따라 한 사람의 삶의 방향은 크게 요동치게 된다.

무조건 돈이 최고고, 큰돈을 버는 것 자체에만 가치를 두는 사람은 십중팔구 어긋난 길로 빠지게 된다. 반면 가족이나 건강, 마음의

평화 같은 쪽에 가치를 둔다면 크게 망할 일은 잘 없는 것 같다. 문제는 그게 진심인가 하는 것. 어차피 돈 문제는 우리 삶 전반에 항상 얽히게 되어 있는데, 그 문제를 정면돌파할 용기가 없는 사람이 스스로를 정당화하기 위해 '나는 돈보다 가족이 중요해', '나는 안빈낙도하며 평정을 유지하는 삶을 추구해', 이런 소리나 하는 것. 그 경지에 실제로 닿은 사람이라면 돈만 추구하는 사람들보다 훨씬 더 여유롭고 풍족한 삶을 누릴 수 있을 것이다. 하지만 나는 새로운 도전이 두려워 스스로를 속이고 있을 뿐이었다.

이미 직장 내 커리어는 박살났다. 입사 후 누락 없이 5년만에 대리를 달았는데, 거기서 한 직급 위인 과장을 달기까지 10년이 넘게 걸렸다. 대놓고 패배자, 낙오자 취급을 받은 셈인데, 20대 시절의 거만하던 나라면 이런 상황을 하루도 못 견뎠을 거다. 하지만 나는 이미 마흔 줄을 넘기고 있는 가장이었고, 더럽다고 때려치우기엔 당시 갓 태어난 아기가 눈에 밟혔다. 한 회사 생활만 십몇 년을 했더니 이젠 직장 밖에서 내 힘으로 뭔가 벌여서 지금보다 나을 거라는 기대가 전혀 없었다.

나를 둘러싼 세상의 룰이 완전히 바뀌었다는 걸 인정하고, 그에 맞게 살아남기 위한 새로운 마인드셋을 갖춰야 했다. 어차피 내가 이 회사에서 인정을 받고, 직급이나 직책이 갑자기 확 올라갈 일은 없어 보였다. 하지만 제때 진급하고 높은 직책을 단 사람들과 내가 삶의 질이 달라질 정도의 급여 차이가 있는 것도 아니었다. 스스로 사표를 던지지 않는 한 고용은 보장되어 있고, 정년까지 어떻게든 버티기만 하면 퇴직금과 국민연금에 다른 재테크한 것까지 더해 노후에 자식에게 손 안 벌리고 살 정도는 될 것 같았다.

그래, 가늘고 길게 가자. 회사는 나를 걸리적거리는 존재 정도로만 보겠지만, 나는 이 회사에서 악착같이 살아남자. 끝까지 버티는 놈이 이기는 거다. 나는 원래 돈 욕심은 없는 사람이잖아. 다만 내 인생에 가장 중요한 가치인 가족만은 내 힘으로 지켜야 해. 여기서 버텨내면 그것 하나는 확실히 이룰 수 있어. 내 꿈? 그런 게 있었던가…. 아무튼 100세 시대야. 은퇴 이후에도 남은 인생은 길어. 지금은 오직 생존에 집중할 때야.

새로운 직군에서의 업무는 모든 게 처음 해보는 일이다 보니 이미 그 바닥에서 몇 년 이상 일해 온 후배들보다 뒤떨어지는 게 당연했다. 일 자체도 내게 맞는 일이 아니었지만, 그거야 뭐 늘 그래왔던 거고, 생존을 위한 분투 앞에 적성 따위를 따질 겨를은 없었다. 각종 성적 부진자 회의 같은 데 불려다니며 여기저기서 깨지는 일이 일상이 되었다. 활발하고, 리더십 있고, 다소 건방지기까지 했던 20대의 나는 이미 죽고 없었다. 말수가 점점 적어졌고, 뭔가 음침한 기운을 풍기는 직원이 되어 가고 있었다.

내 모습이 후배 직원들에게 얼마나 비참하게 비춰질지 뻔히 아는데, '그래, 나 루저야! 너희들은 내 꼴 나지 마!' 이러면서 히히덕거리기는 싫었다. 비슷한 나이대의 동료들은 하나둘씩 관리자로 나가거나 곧 관리자가 될 거라는 번호표 뽑아놓고 대기하는 상황이니, 그들과 어울리기에는 내가 급이 맞지 않았다. 이 글을 직장 동료나 후배가 본다면 억울할 수도 있겠다. 그런 편견 없이 내게 잘해 주려고 했던 사람들도 분명 많았으니까. 문제는 나에게 있었다. 아직도 개똥같은 자존심이 남아 있었던 건지, 그런 상황에까지 적응해야 하는 것 자체를 받아들이기 힘들었다. 나는 분명 위너나 리더 같은 게 어울리는 사람이었는데, 도대체 어디까지 떨어진 걸까? 왜 나는 중간만 가는 것도 안 되는 걸까?

이대로 죽을 순 없다

희망도 꿈도 없이 한 회사에서 20년 차를 맞았다. 외부에서 봤을 때 내 인생은 나쁘지 않았다. 짤리지 않고, 월급 안 밀리고, 그 월급도 동나이대 평균보다는 좀 더 받는 대기업을 다니고 있었으니. 거기에 더해 맞벌이 하는 아내가 있고, 귀여운 아이도 있고, 내 집도 있고, 돈 좀 있다고 티낼 수 있는 차도 있고, 재테크도 괜찮게 해 놨고.

내가 하루하루 지옥의 심연 속에 있다는 걸 아무도 눈치채지 못했다. 누가 봐도 불쌍한 상태라면 동정이라도 받을 수 있으련만, 친구들이나 내 주변 사람들은 내가 한 번씩 하는 푸념에 큰 의미를 부여하지 않았다. '배부른 소리 하지 마'라는 반응을 몇번 접한 후 그런 얘기 자체를 안 하게 되었다. 심지어는 가족들조차 마찬가지였다. '어차피 내 삶 속의 고통은 타인과 공유할 수 없다, 오롯이 스스로 견뎌내는 수밖에 없다'라는 씁쓸한 결론을 내렸고, 나는 이것을 성숙해지는 것이라고 착각했다.

영혼이 가출한 상태로 빈 껍데기만 출근을 해서 시간을 때우다 퇴근하고, 아이의 재롱을 보며 위안을 약간 얻다가 잠드는 일상이 반복되었다. 현실이 힘겹지만, 그렇다고 특별히 뭔가 이루고 싶은 것도 없었다. 더 큰돈을 벌고 싶은 욕심도 없었다. 시간이 빨리 가길 바랄 뿐이었다. 은퇴 이후의 안락한 삶을 위해선 빨리 은퇴를 해야 하니까. 그렇다. 나는 빨리 늙고 싶었다.

자투리 시간이나 회사에서 농땡이 치는 시간에는 주로 유튜브를 봤다. 그것도 흥미 위주의 콘텐츠만. 그래서 아직도 이유를 모르겠다. 왜 그때 유튜브 알고리즘이 내게 돈 버는 방법에 대한 영상 몇 개를 띄워줬는지. 신사임당? 남자 같은데 왜 신사임당이지? 이러면서 무심코 한 번 클릭해 봤던 게 내 변화의 시작이었다. 지금은 그 열기가 살짝 식은 것 같은데, 당시는 소위 돈 버는 방법을 알려주는 콘셉트로 유명해진 유튜버가 속출하던 때였다. 지금은 모르는 사람 찾기가 힘들 정도로 유명해진 신사임당, 그 영상을 보니, 그 밑에 추천 동영상으로 줄줄이 나오는 신세계의 네임드들. 라이프 해커 자칭, N잡하는 허대리, 단희쌤….

이들이 제시하는 방법론은 닮은 부분도 있고 다른 부분도 있었지만, 공통적으로 하는 얘기는 이거였다. 노트북 한 대만 있으면 자본을 들이지 않고 창업이란 걸 할 수 있다! 굉장히 가슴 뛰는 얘기였다. 다시 말하지만 돈을 더 벌고 싶어서가 아니었다. 창업은 망할 수 있다는 단 하나의 이유로 내 인생의 선택지에서 아예 제외시켜 놓고 있었다. 그래서 이 월급쟁이라는 나의 운명은 바꿀 수 없고, 그럴 바에는 다니던 회사 계속 다니며 버티는 게 최선이라 여겼었다. 그런데 그러한 대전제를 뒤흔드는 새로운 패러다임을 만난 것이다. 와~ 무자본 창업이라니! 이게 진짜 된다고?

뭔가 새롭게 준비하고 시작해 보고 싶어졌다. 하지만 그렇다고 곧바로 회사를 그만 두거나 할 용기는 눈꼽만큼도 없었다. 일단은 검증이다. 이들이 말하는 게 나에게도 적용이 가능한지 확인해 봐야 했다. 그러기 위해서는 먼저 공부하고 연구할 시간이 필요했다. 아침에 출근하고 저녁까지 일하다가 퇴근하면 아이 돌보다가 취침. 이게 나의 하루 일과였는데, 엄청나게 심플하지만 빈틈 또한 없었다. 당시에도 이미 친구를 만나거나, 취미생활을 하거나 하는 건 포기한 채 직장과 육아에만 전념하고 있는 상태였다. 그렇다면 자기 계발을 위한 시간 확보를 어떻게 할 것인가? 지극히 단순하고 당연한 결론에 이르렀다. 잠을 줄이는 것. 그리고 주말을 활용하는 것. 새벽 4시 기상을 시작했다. 그렇게 하루 두 시간을 벌었다.

평생 동안 아침잠을 설치며 살아왔다. 아침형 인간 같은 건 나와 동떨어진 얘기라고 생각했다. 학교를 다니고, 회사를 다니면서 용케도 아침 일찍 일어나 제 시간에 출근하는 나 자신이 늘 대견했다. 당시 직장은 운전해서 한 시간 거리. 새벽 6시에는 눈을 떠야 늦지 않을 수 있었다. 그런데 이제부터는 새벽 4시에 일어나기로 한 거다. 밤 시간에는 아이를 재우느라 같이 누워 있다 보면 피로가 몰려와서 다시 일어나 뭔가 하기가 힘들었다. 나만의 시간을 확보하기 위해선 새벽 기상밖에 방법이 없었다. 궁하면 통한다고 했다. 새벽 기상을 해내지 못하면 내 인생은 계속 지금처럼 암울한 상태로 아무것도 바뀌지 않을 거라는 생각을 하니, 그 절실함이 알람 소리에 맞춰 눈이 번쩍 떠지게 만들어 주었다.

세상이 모두 잠들어 있는 이 시간. 이제부터 뭘 해볼까?

소위 미라클 모닝이라 부르는 그런 고상한 자기계발하는 사람들은 새벽에 일어나면 주로 독서를 하고, 명상이나 산책을 한다는 걸 알고 있지만, 그건 대체로 현생을 더 알차게 보내기 위해 자가충전을 하는 과정이다. 나는 그렇게 한가한 신세가 아니다. 현생을 아예 벗어나고 싶은 거고, 이 시간을 통해 그 방법을 찾으려는 거다.

검증 개시! 스마트스토어는 정말 할 만한 부업일까?

일단 뭘 하고 싶은지, 뭘 할 수 있는지부터 쭉 정리해 봤다.

무자본으로 돈 버는 방법은 굉장히 다양했다. 유튜브 채널 하나 잘 키워서 광고 수익만으로 월에 억대 소득을 찍는 사람들의 사례도 있었고, 블로그만으로 웬만한 월급쟁이들보다 많은 수익을 가져가는 사람들도 잔뜩 있었다. 인스타그램이나 페이스북 같은 SNS 플랫폼도 누군가에게는 단순한 소통 수단이 아니라 돈 버는 통로였다. 장사를 하고 싶으면 가게 임대하고, 인테리어하고, 직원 쓰면서 큰돈 들일 게 아니라 스마트스토어 같은 온라인 매장을 운영하면서 자본 없이 시작하는 게 가능했다. 각종 강의나 컨설팅 같은 지식창업도 내 컴퓨터가 있고, 인터넷만 들어오면 자본 없이도 얼마든지 시작할 수 있었다.

이 세계를 알아가면서 근거 없는 자신감이 차츰 생겨났다. 이렇게 다양한 방법들이 있는데, 이 중에 내가 할 만한 게 설마 하나도 없을까? 물론 이제 막 이쪽 세계에 입문한 나로선 당장 할 수 있는 건 아무것도 없었다. 하지만 아직 시장 형성조차 제대로 되어 있지 않은 신천지인 셈인데, 지금 뛰어들어서 하나씩 배우면서 실행해 봐도 크게 늦지는 않을 것 같았다.

좋아! 일단 당장의 수입을 만들어야 하니 스마트스토어부터 해

보자. 그리고 내가 말하는 재주와 글 쓰는 재주는 어느 정도 있으니 유튜브와 블로그도 해보자!

이렇게 3가지 공략대상이 정해졌다.

먼저 스마트스토어. 좋은 상품을 잘 발굴하고, 인터넷 안에만 존재하는 내 가게에 전시해서 이를 구입하는 고객으로부터 수수료를 받는 구조. 중간에서 생산자 내지 도매상과 소비자를 연결하는 역할만 하면 되고, 실제 상품은 구경조차 안 해도 된다. 자본이 들지 않으니 리스크도 없고 부담도 없다. 이건 안 할 이유가 없다. 여기까지 생각이 미치자 망설임 없이 신사임당의 유료 강의를 결제했다.

그런데 제대로 배워보니 처음에 생각했던 것처럼 만만치는 않았다. 전술한 내용이 틀린 말은 아니지만, 그게 전부라 생각하고 덤벼든 게 너무 순진했다는 것이다. 무엇보다도 스마트스토어라는 게 생긴 지가 2년 정도밖에 안됐지만, 그새 이미 포화상태에 이르렀다. 이게 돈이 된다 하면 다들 우르르 몰리는 한국인 특유의 쏠림 현상이 이 바닥을 이미 휩쓸고 지나간 상태였다. 경쟁력 있는 상품을 소싱할 수 있는 거래처들은 이미 기존 판매자들이 꽉 잡고 있었고, 도매꾹 같은 도매 사이트를 이용하는 건 같은 상품을 판매하는 경쟁자가 너무 많아 결국 출혈 가격경쟁으로 갈 수밖에 없었다. 그렇잖아도 중간 유통상의 신분이라 마진이 약한데, 이래서야 웬만큼 팔아서는 유의미한 수익을 기대하기 힘들었다. 그래서 결국 다음 단계에서 검토하게 되는 건 소싱한 상품을 직접 사입하는 쪽이 되기 마련이었다. 이러면 더 이상 무자본 사업이 아니게 된다. 더 나은 마진을 위해 리스크를 감수하는 본격적인 사업이 되는 것이다. 혹은 구매대행, 해외 직구, 역직구, 자사몰 운영 등 스마트스토어의 한계를 벗어난 각종 온라인 판매 방법 쪽으로 옮겨가는 경우도 많았다. 온라인 판매 열풍의 근원지였던 스마트스토어, 지금은 확실한 경쟁력을 가진 몇몇 셀러들을 제외하면, 이 세계에 입문하는 신규 판매자들의 수련의 장 정도밖에 안 되는 듯했다.

상품 소싱, 등록, 광고, 상세 페이지 작성 등 할 일도 엄청나게 많았다. 당시 '스마트스토어에 하루 한 시간 투자해서 월 100만 원 벌기' 같은 류의 강의가 정말 많았고 지금도 꽤 많은데, 이 제목대로 실현 가능한가? 가능은 할 것이다. 이미 시스템을 다 갖추고 충분히 숙련된 셀러라면 말이다. 나처럼 제로 베이스에서 첫 걸음마를 떼려는 사람이 새벽에 하루 두 시간을 투자하여 배우면서 해보기는 쉽지 않은 일이었다.

온라인이라도 장사는 장산데 평생 뭔가를 팔아본 적도 없고, 심지어는 뭔가 유의미한 소비를 해본 적도 거의 없는 나 같은 사람이 잘할 수 있을까? 이 일에 흥미와 애착을 지속적으로 가질 수 있을까? 상품 소싱 같은 걸 남들보다 잘할 자신이나 대책이 있는가? 상세 페이지 만드는 기술적 방법, 사진 잘 찍고 디스플레이 잘하는 방법 같은 건 또 어느 세월에 따로 배울 건가? 들이는 시간과 노력 대비 효율이 아쉽다고 판단했고, 무엇보다도 나의 적성에 그닥 맞지 않는 일이라 결론 내렸다. 그래서 깔끔하게 포기했다.

그럼 그렇지. 세상에 쉬운 일은 없다. 하지만 실망하긴 이르다. 아직 내겐 유튜브와 블로그가 있다!

1년치의 시간을 사다. 육아휴직이라는 치트키!

스마트스토어는 어차피 되면 좋고, 안되면 말고 하는 기분으로 수박 겉 핥듯이 알아본 것에 불과하기 때문에 뜻대로 안됐다 하더라도 딱히 멘탈에 타격은 없었다. 오히려 블로그와 유튜브에 온 힘을 쏟아보고자 하는 의지만 더 강해졌다.

하지만 문제는 시간이었다. 새벽 기상으로 확보한 두 시간 정도로는 뭔가를 본격적으로 배우고, 실행하기가 힘들었다. 적어도 그땐 그렇게 생각했다. 여기서 나는 일생일대의 과감한 판단을 했다. 그건 바로 육아휴직! 여섯 살 아들이 있기에 1년의 시간을 벌 수 있었다. 뭔가 시도했다가 여의치 않을 때 돌아갈 수 있다는 건 대단한 메리트였다. 이 제도가 이러한 취지로 만들어진 게 아니란 건 잘 알고 있었다. 그러나 중년 남자에게 1년은 아이만 돌보면서 허공에 날려보낼 수 있을 만큼 한가한 시간이 아니었다.

실제로 아이를 깨우고 유치원 보낼 때까지, 그리고 아이가 유치원에서 돌아와 잠이 들 때까지 육아를 전담했다. 맞벌이하는 아내는 진짜 가장 신세가 됐고, 아이는 아빠를 더 자주, 오래 볼 수 있게 되어 영문 모르고 기뻐했다. 오전 9시부터 오후 5시 정도까지 주어진 나만의 시간. 집일도 은근히 시간을 많이 잡아먹었지만, 이 정도의 시간을 온전히 나를 위해 쓸 수 있는 건 그야말로 20년만에 처음 겪어보는 호사였다.

휴직을 하면서 정한 목표는 딱 하나였다. 복직하지 않는 것!

이 1년 안에 기필코 자립에 성공해서 절대 회사로 돌아가지 않는 것.

앞으로 점점 더 개선되겠지만, 아직은 남자가 육아휴직을 쓴다는 건 사회적으로 큰 모험이다. 돌아갔을 때 직장 내의 지위나 급여는 법으로 보장받지만, 회사 사람들의 인식이 좋을 수가 없다. 내가 나름 용감한 결정을 할 수 있었던 건 이미 직장 내 평판이나 승진 같은 걸 더 이상 기대할 게 없다고 생각한 덕분이다. 그러면서도 더 과감하게 곧바로 사표를 쓰지는 못했다. 나의 시도들이 다 실패하고 앞이 보이지 않는 상황이 안 오란 법은 없으니, 회사 복귀라는 카드를 보험처럼 갖고 있어야 할 것 같았다. 절대로 수령하고 싶지 않은 보험. 나의 고통으로 가족을 먹여 살리는 용도라면 차라리 사망보험금을 안겨주고 싶을 정도로.

당시 굉장히 비장한 마음으로 굳은 결심을 했던 것 같은데, 돌아보면 여전히 각오가 부족한 게 아니었나 싶기도 하다. 육아휴직이라는 우회적인 방법으로 1년의 시간을 샀던 것. 그조차 그토록 심적 갈등이 깊었는데 미혼이거나, 자녀가 없거나, 혹은 자녀가 이미 커버려서 육아휴직 조건에 부합하지 않는 경우라면 나는 어떻게 했을까?

나야 워낙 못난 인간이라 이러다 죽겠다 싶어 직장 탈출을 도모했다지만, 대부분의 직장인들 역시 퇴사의 충동은 수시로 불쑥불쑥 생겨나는 법이다. 하지만 이 길에서 벗어나면 낙오자가 될 것 같다는 두려움에 웬만해선 실행에 옮기지 못한다.

문득 그런 생각이 들었다. 만약 내가 성공적으로 직장을 탈출하고 경제적 자유를 얻는 모범사례가 된다면 그들을 구해 줄 수도 있지 않을까? 내가 해내지 못한다면 직장 생활 내내 그랬듯 나의 찌질함만 증명되는 거지만, 혹시라도 내가 해낸다면 누구든 가능하다는 방증이 되는 거 아닐까?

어쩌면 내가 누군가의 희망이 될 수도 있겠다는 생각에 조금 더 가슴이 뛰었던 것 같다.

그래, 멋지게 해치워 주마. 블로그도 유튜브도!

블로그로 돈 버는 게 제일 쉽다는데

이번의 도전 과제는 블로그.

유튜브처럼 빵 터졌을 때 큰돈을 벌 수 있을 정도는 아니지만, 가장 시도하기 쉽고 다양한 수익화 수단이 있는 매체였다. 검색 상위로 노출만 시킬 수 있다면 유료 리뷰, 체험단, 제휴 마케팅, 애드포스트 수익까지. 적게는 50~100만 원 선에서부터 전업 블로거들의 경우 월 천만 원 이상의 소득을 얻는 사람도 있다고 했다.

그래, 내가 글은 좀 쓰는 편이지. 블로그는 충분히 잘할 수 있을 것 같아!

이런 자신감을 갖고 처음으로 발행했던 글의 제목은 '호모 파베르'였다. 글을 본격적으로 써 보기 위해 노트북이란 도구를 구입한다는 이야기였는데, 그걸 뻔하게 표현하기 싫어서 제목을 이 따위로 지었다. 키워드 공략법을 알게 된 지금에서야 다시 보면 어이가 없지만, 그때는 뭔가 있어 보이는 제목이라며 스스로 만족했었다.

다양한 수익화 방법이 있는 만큼 다 해보고 싶었다. 하지만 갓 시작한 블로그라 애드포스트 광고가 붙을 리도 없었고, 체험단 같은 걸 신청해 봤자 매번 탈락의 연속이었다. '일단은 콘텐츠를 좀 채워넣고 천천히 준비를 해야겠구나. 이래서 1일 1 포스팅하라고 하는 거구나' 하고 뭔가 깨달은 것만 같았다. 그래서 아무 글이나 블로그에 끄적거리기 시작했는데, 이게 공교롭게도 굳이 분류하자면 하나같이 칼럼에 가까운 글들이었다. 그리고 이게 개인을 브랜딩하는 과정이란 걸 알게 된 건 시간이 좀 더 지나서였다.

쿠팡 파트너스라는 걸 알게 되었다. 쿠팡으로부터 고유의 링크를 부여받고 그 링크를 통해 들어온 고객이 쿠팡의 상품을 구매하면 링크 제공자에게도 소정의 수수료가 지급되는 제휴 마케팅의 일종이었다. 이건 탈락된다는 개념 자체가 없이 누구에게나 열려 있는 기회라 여겼다. '좋아, 일단 이걸로 적은 돈이라도 한번 벌어보자!' 그렇게 관련 책도 보고 강의도 들으면서 나름 열심히 준비를 했다. 그러다가 이젠 진짜 실행만 남은 시점에서 벽에 부딪히게 되었다.

이거 네이버가 싫어하네?

자칫 잘못하다가는 힘들게 키워놓은 블로그가 소위 말하는 저품질로 빠질 판이었다. 이 바닥의 꾼들은 그럼 블로그를 새로 만들면 된다는 식으로 쉽게 생각들을 했지만, 내겐 심각한 문제였다. 타인의 아이디를 가져오거나 하는 건 편법이라 하기 싫었고, 내 명의로 만들 수 있는 네이버 아이디가 딱 3개밖에 없다는 건 치명적이었다. 전문가를 자처하는 사람들조차 우회 링크를 쓰면 저품질 안 걸린다는 파와 '네이버가 바보냐?' 우회 링크도 다 확인한다는 파로 양분되어 있었다.

어차피 잘돼 봐야 용돈벌이 수준일텐데, 거기에 내 블로그의 명운을 걸고 싶지 않았다. 집주인 몰래 눈치껏 남의 집 장사 도와주는 일이니 걸리면 뭔가 조치를 당하는 것도 납득이 갔다. 물론 네이버는 공식적으로 쿠팡 파트너스를 하는 블로그에 불이익을 따로 주지 않는다고 주장하지만, 해당 블로그를 저품질로 만들어 버려서 공식적인 제재는 없으나 실질적으로는 사형을 집행하는 걸 마음만 먹으면 얼마든지 할 수 있다. 결국 쿠팡 파트너스도 준비 다해 놓고 실행에 옮기진 않았다.

각종 후기나 리뷰, 제휴 마케팅 전용의 아이디를 하나 따로 만들었다. 그리고 거기에 맛집 홍보글 한 편을 적고 발행했는데, 뭐 하나 완성시켰다는 뿌듯함 대신 현타가 왔다. '이런 글 쓰는 게 재미있는가?' 적성에 맞는 사람도 많은 시대인 걸 알지만 적어도 나는 아니었다. 그럼 그러한 노잼을 보상해 줄 정도로 돈이 되는가? 그 시간과 노력을 들여 뭘 해도 이보다는 더 벌 수 있겠다 싶을 정도로 소액이었다. 이런 콘텐츠를 쌓아감으로써 내 커리어는 어떻게 개발될까? 건바이건 콘텐츠의 최종 공급자 정도겠지. 글을 통해 스스로를 성장시키고 발전시키는 것과는 거리가 멀어 보였다.

이제 슬슬 인정할 때가 됐다. 블로그로 돈 벌기도 가능은 하겠지만, 내겐 맞지 않은 일이라는 걸.

결국 블로그를 통해 당장의 수입을 만드는 건 포기. 하지만 블로그는 이러한 자잘한 수익을 노리는 것보다 훨씬 더 스케일 크게 써먹을 수 있는 플랫폼이었다. 나의 스토리와 콘텐츠를 쌓는 퍼스널 브랜딩의 수단으로 잘만 활용하면 하나의 사업을 만드는 데에도 훌륭하게 활용될 수 있으니 말이다. 그런데 그걸 당시에 곧바로 깨달은 건 아니고…. 일단 블로그로도 돌파구를 찾지 못했다. 이제 남은 건 유튜브밖에 없는 건가? 이것도 뜻대로 안되면 답이 없는데!

유튜브로 돈을 벌겠다고? 스튜핏!

직장 생활하면서 월급 도둑질을 할 때 어김없이 함께했던 소중한 친구 유튜브. 드디어 나도 이 유튜브에 도전해 보는 거다. 카메라 앞에서 아무말 대잔치만 해도 한 달 예상 수익이 억대를 넘어가는 수많은 유튜버들이 있었고, 보람이네 부모님이 강남에 빌딩을 세웠다는 얘기는 너무나 유명했다. 신사임당처럼 돈 버는 방법을 알려주는 유튜버, 슈카처럼 경제, 시사, 역사 관련 이른바 썰을 푸는 유튜버가 구독자 200만을 넘기고, 심지어는 골방에서 매번 김밥과 요구르트만 먹는 독거 노총각도 스타가 되는 신세계. 스마트스토어도, 블로그도 안되겠다 싶었던 나로선 이번에야말로 반드시 승부를 봐야 했다.

하지만 나는 정말 아무것도 모르는 초심자였고, 혼자 끙끙대며 수립한 전략이 얼마나 비현실적인지 지적해 줄 사람이 아무도 없었다. 유튜브 스타가 되고, 조회 수와 구독자 수가 엄청나게 쌓이면 애드센스 수익이 발생할 거라는 게 전략의 전부였다. 물론 유튜브에서 만들어 낸 퍼스널 브랜딩의 힘으로 나의 사업을 성장시킬 수 있겠다는 생각을 어렴풋이 하긴 했으나, 그건 나중에 생각할 일이고 일단은 유튜브를 띄우는 게 급선무라고 생각했다. 돌아보면 완전히 거꾸로 생각하고 있었고, 안되는 게 당연한 노릇이었다.

일단 나의 캐릭터를 어떻게 설정하고, 어떤 모습으로 브랜딩할 것인가에 대한 전략이 부재했다. 신사임당, 자청, N잡하는 허대리 같은 멘토형 유튜버가 되고 싶었으나, 그러기에는 내가 이뤄 놓은 게 전무했으니 어불성설이었다. 그래서 있는 그대로의 내 모습을 보여주면서 성장하는 과정을 담아 보기로 했다. '내가 억대연봉을 포기하고 유튜버가 된 이유'라는 타이틀로 첫 영상을 제작했다. 이만하면 제법 어그로가 끌리는 제목이니 사람들이 관심을 좀 갖지 않을까 기대했다. 아, 사실 억대연봉은 엄밀히 거짓말이었다. 전년도 원천징수 영수증에 찍힌 세전 금액이 9천2백만 원. 그것도 각종 성과급이 다 포함된 금액. 그래도 이 정도면 거짓말이 아니라 과장의 영역으로 봐도 되지 않을까 생각했다. 문제는 거짓이든 과장이든 그게 중요한 게 아니라 정말 놀라울 정도로 아무도 그 영상에 관심을 가져주지 않더라는 것.

　이후 몇 개의 영상을 더 올리고, 꾸준히 반응이 없는 걸 확인하면서 급격하게 지쳐버렸다. 회사 다닐 때 정도의 돈을 벌려면 구독자가 대략 10만 명은 있어줘야 할 것 같은데, 현실은 100명을 채우기도 힘들어 보였다. 가장 힘든 점은 유튜브에 대한 단편적인 지식이나 정보는 여기저기서 쉽게 얻을 수 있지만, 내 주변에 유튜브에 대해 이야기 나눌 사람이 아무도 없었다는 거였다. 외로웠다. 1인 기업가는 원래 외로운 거라며 스스로를 위로해 봐도 소용이 없었다.

　스마트스토어와 블로그에 이어 유튜브 역시 돌파구를 찾지 못했다. '나라는 인간이 이렇게나 무능했단 말인가' 하는 자괴감이 스스로를 괴롭혔다. 기껏 호기롭게 육아휴직까지 내면서 퇴사와 홀로서기를 꿈꿨건만 이래서는 복직하는 것밖에 답이 없어 보였다. 차라리 군대를 한 번 더 가는 게 낫지, 복직은 죽기보다 싫은데…. 하지만 나는 가장이다. 지옥으로 돌아가는 게 가족을 지키는 길이라면 주저해서는 안 된다. 이렇게 너무나 암울한 결론에 이르렀다.

　나중에 유튜브라는 플랫폼에 대해 좀 더 공부한 후 알게 된 것이 몇 가지 있다.

　우선 몇 시간을 투자해서 찍고, 편집하고, 업로드한 영상이 조회 수 100도 넘기기 힘들었던 거. 지극히 정상이고 그만하면 적은 조회 수도 아니었다. 그리고 그대로 쭉 몇 개월을 지속하기만 했었다면 의외로 좋은 결과가 나올 수도 있었다. 그 정도로 평균 시청시간이나 노출 클릭율 등의 지표가 나쁘지 않았었다. 그러나 그때의 나는 그런 사실을 모른 채 너무 빨리 절망해 버렸다.

그리고 또 한 가지. 유튜브를 통한 수익모델은 원래 광고 수입 같은 게 아니었다. 구글 애드센스 수입만으로 큰돈을 버는 몇몇 유튜버들의 사례는 따라할 수도 없고, 욕심내서도 안되는 것이었다. 이 플랫폼의 진정한 가치는 개인의 퍼스널 브랜딩을 통해 본인의 사업에 접목해서 시너지를 내는 것. 광고 수입은 그야말로 부가적인 것에 불과했다.

가짜 멘토들에게 휘둘렸던 걸까?

2019~2020년 사이 유튜브를 강타했던 하나의 흐름이 있었다. 내 경우는 그 흐름을 뒤늦게 캐치하고 따라잡아 보려 했던 셈이다. 그것은 무자본 창업, 1인 기업, 디지털노마드 같은 이름을 갖고 있었고, 이 흐름을 주도했던 사람들은 지금도 멘토의 지위를 굳건히 하고 있다.

그들에게 감사의 말을 전한다. 그들이 아니었으면 모범생이었던 내가 직장을 탈출하고자 하는 생각 자체를 못했을 것이다. 부모님이, 선생님이, 사회 선배들이 하는 얘기가 모두 잘못된 것일 거라고 가정할 수는 없는 노릇이었으니 말이다.

하지만 이젠 단언할 수 있다. 나를 둘러싼 채 내게 사는 방법을 가르쳐 주었던 그 사람들은 모두 틀렸다. 학교에서도 잘못된 시각을 배웠고, 매스미디어를 통해서도 잘못된 관점을 강요받았다. 그야말로 온 세상이 나를 속이고 있었던 것이다. 성실히 공부해서 좋은 대학 나와 좋은 직장에 취직하는 것은 세상에 필요한 숙련 노동자가 되는 길일 뿐 자아실현을 하는 길도, 부자가 되는 길도 아니었다.

로버트 기요사키의 〈부자 아빠, 가난한 아빠〉 같은 책에서 이 점을 잘 지적했으나, 내가 이 책을 처음 접했던 때는 이제 갓 대기업에 입사한 시점이었다. 급여소득자의 삶이란 누군가에 종속된 비루한 삶일 수밖에 없다는 걸 그 책에서 뼈아프게 지적하는데, 당시 나는 이 책이 굉장히 위험한 책이라고 느껴졌다. 사회의 모범생이 가난한 아빠 신세를 벗어날 수 없다는 건 맑시즘 못지 않게 체제 전복적이지 않은가!

그렇게 성실한 직장인의 승리, 천천히 부자 되기, 안정적인 노후를 누리기 같은 세상이 주입해온 거짓 신화에 휘둘린 채 살아온 지난 20년. 이 매트릭스를 보란 듯이 탈출해 버리겠다는 의지로 당차게 육아휴직을 내고 이런저런 시도들을 해 봤다. 하지만 스마트스토어도, 블로그도, 유튜브도 다 실패했다. (사실은 실패를 논하기엔 너무 짧은 기간이었지만, 당시 나는 이미 실패라고 단정지어 버렸다)

이젠 뭘 어떻게 해야 하나? 아직 휴직 기간은 한참 남아 있지만, 조기 복직 신청을 할까? 뭔가 다른 방법을 찾아야 하나? 다른 방법이라면 대체 뭐가 있을까? 길을 잃은 채 멍하니 시간을 보내는 날들이 계속 되었고, 본격적인 아내의 타박이 시작되었다. 아내 입장에선 그동안 딱히 이쁜 짓 하는 건 없어도 책임감 강하고 믿음직한 가장이라 생각해 왔을 텐데, 그때의 내 모습이 얼마나 실망스러웠을까?

차라리 돈을 들여서 하는 사업을 해 볼까? 그런데 그거야말로 잃을 게 뻔한 도박판에 들어가는 것 아닌가? 아무런 지식도 경험도 없이 성공할 수 있을 정도로 만만한 세계가 절대 아닐 텐데. 다행히도 실제로 내 수중엔 돈이 없었다. 집 대출과 차 할부금 갚는 것도 겨우겨우 해 나가고 있는 상황에서 추가로 빚을 내서 확신도 없는 사업을 한다는 건 어불성설이었다.

무자본으로도 창업할 수 있고, 노트북 한 대만 있으면 세계 어디든 돌아다니며 혼자 일할 수 있고, 내가 자는 동안에도 돈이 벌리게 할 수 있다고 말해 줬던 온라인 공간 속 멘토들. 그들도 더 이상 믿을 수가 없었다. 유튜브 등 온라인 공간에 무료로 풀 만한 것들을 다 풀었다 싶으면 아예 채널을 접거나, 인터뷰만 하는 채널로 바꾸거나, 아무 책에서나 긁어와서 작성 가능한 동기부여 콘텐츠 같은 걸 제공하는 쪽으로 바뀌었다. 실제로 2020년까지 대유행했던 1인 기업가 유튜버나 블로거 스타가 2021년 들어서자 갑자기 멸종 수준으로 사라졌다. 대신 기존의 스타들은 거의 예외 없이 그다음 단계로 유료 강의나 컨설팅을 했다. 이게 잘못된 게 아닌데, 자신의 지식이나 노하우를 제공하는 사업가라면 당연히 그렇게 풀어가는 게 맞는 건데, 그때의 나는 이들에게 알 수 없는 배신감 같은 걸 느꼈던 것 같다. 그래서일까? 유료 강의는 울며 겨자 먹기로 몇 번 들어 봤지만, 따로 컨설팅을 받거나 하진 않았다. 그들의 의도대로 끌려가서 그들에게 돈을 바치게 되는 셈인데, 그랬다간 지금껏 당해 왔으면서도 또 당하고, 또 당하는 똥멍청이 꼴이 날 것 같았기 때문이다.

뭐가 잘못된 걸까? 대체 내가 놓치고 있는 게 뭘까? 잘되는 사람들이 실제로 있고 분명 존재하는 세계인데, 이 세계에 편입되기가 이렇게까지 힘든 이유가 뭘까? '이것'만 알면 나도 할 수 있을 텐데, 아무도 가르쳐 주지 않는 '이것'이라는 게 분명 존재할 것만 같았다.

사람을 만나야 인생이 바뀐다

지금의 나는 정답을 알고 있다. 그 당시 내가 끝끝내 놓치고 있었던 그것이 무엇인지 정확하게 알고 있다. 그건 바로 '사람'이다. 결국 사업이란 사람과 사람의 관계 속에서 이뤄지는 것이다. 장담컨대 성공한 1인 기업가 그 누구도 이게 정답이 아니라고 말하지 못할 것이다. 그리고 이걸 깨닫지 못한 1인 기업가는 지금도 고전을 면치 못하고 있을 것이다.

여기서 사람이란 고객만을 의미하지 않는다. 나와 관계를 맺는 모든 사람을 다 포함한다. 동업자가 될 수도 있고, 직원이 될 수도 있다. 서로가 서로의 고객이 될 수도 있고, 누군가로부터 도움을 받거나 누군가에게 도움을 줄 수도 있다. 스스로의 역량으로 헤쳐 나가야 할 부분도 당연히 많지만, 이러한 관계 맺음에 의해 풀어가야 하는 부분이 그 못지않게 많은 게 사업이라는 놈의 실체이다.

당시의 나는 1인 기업이라는 말의 의미를 곡해하고 있었다. 말 그대로 혼자서 모든 걸 다 해내야 하는 개념이라 착각했다. 휴양지에서 노트북만 켜놓고 일하는 디지털 노마드 역시 사람으로부터 일감을 따내고, 사람에게 컨펌 받고, 사람들에게 자신의 결과물을 뿌리는 경우가 대부분이었고, 강의나 컨설팅 사업을 하는 사람들 중에서도 혼자서 마케팅이나 영업까지 다 해내는 경우는 많지 않았다. 무자본 창업이란 말의 개념도 바로잡아야 했다. 전통적인 의미의 창업이 필요로 하는 인건비, 건물 임대료, 인테리어 비용 같은 게 당장 들지 않는다는 차원이지 문자 그대로 돈이 한 푼도 안 든다는 얘기는 아니었다.

내가 이러한 도그마로부터 탈출할 수 있었던 계기도 사실은 거하게 돈×랄을 한 덕분에 마련된 것이었다. 절박한 마음에 유료 교육을 신청했는데, 그 비용이 2천만 원이 넘어가는, 그야말로 미친 금액이었다. 이대로 백수건달 신세가 되는 것도, 회사로 돌아가는 것도 죽기보다 싫었기에 이렇게 해서라도 결판을 내 보자는 마음으로 시도한 마지막 승부수였다.

교육 과정은 나쁘지 않았지만, 내 입장에선 그렇게 특별하진 않게 느껴졌다. 이곳에서는 1인 기업, 무자본 창업 같은 용어를 전혀 사용하지 않았고, 영업인과 초보 사업가에게 특화된 사업 모델을 만들어 주고 그 실행 방법을 알려주는 내용의 교육을 진행했다. 그런데 이 교육의 방법론은 그동안 내가 독학했던 1인 기업 만들기와 겹치는 부분이 무척 많았다. 어쩌다 보니 나는 선행학습을 충실히 한 채 입학한 학생이었던 것이다. 이러한 방법론 자체를 처음 듣는 다른 교육생들은 매 과정마다 충격을 받고 감탄하기 일쑤였다. 그들의 그러한 반응을 보면서 약간의 우월감 같은 것도 들었던 것 같다.

그런데 나의 얕은 지식은 교육 과정이 진행되면서 금세 거기 모인 교육생들의 평균에 수렴해 버렸고, 오히려 나를 추월하는 사람들이 속출하기 시작했다. 이게 어찌된 일일까? 이유는 간단했다. 다른 교육생들은 각자 자신의 영업이나 사업을 하고 있던 경우가 대부분이었고, 그들은 배운 것을 자신의 영업이나 사업에 접목하기 시작했다. 그리고 이내 성과들을 만들어 냈다. 하지만 나는 이론적인 부분은 어느 정도 갖췄으나 그걸 접목해서 막상 뭐라도 해볼 내 사업 아이템이 없었다.

허탈했다. 돌아보니 이제야 이해가 갔다. 혼자서 블로그나 유튜브를 시도해 보려다가 실패한 것과 똑 같은 이유. 내 아이템이 없이 그걸 담는 그릇에 대해서만 연구를 해온 셈이었다. 블로그도, 유튜브도 그 아이템을 널리 알리기 위한 하나의 채널에 불과한데, 성공한 블로거나 유튜버가 되겠다는 말도 안 되는 목표를 세웠으니 이게 될 리가 있나!

그렇다고 절망만 하고 있을 순 없었다. 이번엔 돈도 엄청나게 썼는데 본전 생각 나서라도 이대로 포기할 순 없는 노릇이었다. 그보다도 뭐가 잘못 됐는지 확실히 알았으니 그것만 바로잡으면 된다고 생각했다. 내 사업 아이템이 필요하다! 그것만 있으면 무자본 창업이든 뭐든 다 할 수 있고, 그게 없으면 아무것도 할 수 없다! 돈 들여서 뭔가 제품을 만들거나 사 와서 파는 건 여전히 지양하고 싶었다. 그쪽 분야는 아무리 찾아봐도 나 자신에게 그 어떤 강점도 발견할 수 없는 세계였으니 말이다.

다시 지식 창업 쪽을 고민했다. 그러기 위해선 나 자신을 자세히 들여다보고 내가 세상에 전할 수 있는 메시지가 무엇이 있을지를 깊이 고민해야 했다.

일단 회사 업무를 하면서 익힌 것들도 있지만, 이건 진짜 지긋지 긋해서 그냥 앞으로는 안 하고 싶었다. 패스.

나라는 사람의 장점을 면밀히 자가진단해 보면 평균 이상의 학력과 글쓰기, 말하기 능력이 있고, 인문학적인 식견과 사회적인 트렌드를 읽는 눈이 있었다.

문제는 두 가지. 이 능력들을 어떻게 엮어서 나만의 아이템으로 만들 것인가? 그리고 내가 가진 이 능력이 과연 세상에 팔릴 만한 수준인가?

1인 기업이란 본래 월등한 사람들만 할 수 있는 게 아니다. 초보자의 골프 코치로 박세리나 타이거 우즈가 나서는 것보다는 우리 동네 티칭 프로가 훨씬 나을 수 있다. 나보다 뒤떨어지는 사람을 도와줄 수 있을 정도임을 증명하면 자격은 충분한 것이다. 온라인에 본진을 구축하고 사람들에게 자신을 알리는 행위는 누구나 할 수 있다. 자격증이나 유학 경력 같은 건 있어서 나쁠 건 없지만 없어도 아무 상관없다.

위 내용은 1인 기업과 관련해서 조금이라도 관심 있는 사람이라면 유튜브에서 봤건, 블로그 글로 접했건, 아님 유료 강의를 들었건 간에 무조건 들어봤을 기초 중의 기초 지식이다. 그런데 이러한 최소한의 자기 증명도 의외로 쉽지가 않다. 오히려 예전에는 학력이나 자격증 같은 걸로 공증 받고 시작했던 일인데, 이걸 온라인 채널을 이용해 일일이 증명해야 하니 더 번거롭고 어려워진 면도 있다. 자기 분야에 대한 전문성도 갖춰야 하고, 이걸 온라인을 통해 알릴 줄도 알아야 하고, 퍼스널 브랜딩도 해야 하니 말이다.

일단 내가 잡은 포지션은 글쓰기 멘토였다. 단, 문학적이거나 예술적인 글이 아니라 사업하는 사람들을 도와줄 수 있는 마케팅 글쓰기 쪽이었다. 처음에는 단순히 동료 사업가들을 도와줘 보자는 단순한 계기에서 몇 편의 글을 작성했는데, 그 과정에서 스스로도 몰랐던 나의 능력을 몇 가지 알게 되었다. 알고 보니 나는 팔리는 글쓰기 쪽에 꽤 괜찮은 재능을 갖고 있었다. 온라인 마케팅이 대세가 되면서 글쓰기 능력의 중요성은 오히려 점점 더 커지고 있는데, 이만하면 충분히 나의 능력으로 남을 도울 수 있을 정도는 된다 싶었다. 그리고 그걸 수많은 동료 사업가들이 인정해 주었다. 나만의 사업 아이템이 나온 것이다!

그 교육 기관은 수강생들 간의 커뮤니티가 굉장히 활성화되어 있었다. 그 수강생들이 대부분 현역 사업가였다. 그리고 나는 그 커뮤니티를 통해 성공적인 사업 론칭뿐만 아니라, 인생의 반전을 이룰 수 있게 되었다. 그곳에 나를 인정해 주는 사람, 나를 도와주는 사람, 내게 용기를 주는 사람, 내 도움을 원하는 사람 등, 이 모든 사람들이 다 있었다.

어쩌다 사장, 어쩌다 월천

사람을 만났다. 사람을 얻었다. 사람을 통해 사업 아이템이 나왔고, 사람을 통해 그게 세상에 통할 수 있음을 검증받았다. 그 한 가지를 깨닫지 못했을 때는 머릿속에 아무리 많은 지식을 구겨 넣어도 소용이 없었다. 그리고 그걸 깨닫고 나자 나는 어느새 법인 대표가 되어 있었다.

처음엔 특정 업체를 홍보하는 블로그를 운영했다. 내 글이 실제로 얼마나 잘 팔릴 수 있는지를 시험하는 무대였다. 결과는, 나 자신은 물론 모두의 기대를 뛰어넘는 대성공! 별도의 광고 집행이나 키워드 점령, 상위 노출 같은 게 없었는 데도 블로그 이웃들의 개입만으로 억대에 가까운 매출을 기록했다. 수집된 고객 DB(데이터베이스, 가망고객 리스트를 뜻함)들의 질이 매우 우수하다고 입소문이 났다. 이 모든 게 글의 힘이었다. 마케팅 글쓰기라는 영역에서 나는 스스로도 알지 못한 재능이 있었던 것이다. 기존의 마케팅 글이 제품이나 서비스의 장점만을 일방적으로 홍보하고 구매를 강요하거나, 혹은 소위 말하는 어그로를 끌어서 보는 이로 하여금 속았다는 느낌과 짜증을 유발했다면, 나의 글은 독자의 마음을 쥐락펴락하다가 어느새 목표한 바를 이룰 수 있도록 잘 설계되어 있었다. 어떤 부분에서 고객이 흥미를 느끼는지 알고 있었고, 고객의 닫힌 마음을 은근히 다가와 여는 방법도 알고 있었다. 이는 사실 굉장히 신기한 일이었다. 왜냐하면 나는 지금껏 살면서 이러한 마케팅 글쓰기를 그 전엔 한 번도 해본 적이 없었기 때문이다. 본능적으로 감각이 있다고밖에 설명이 안 되었다. 이런 기회가 주어지지 않았다면 내게 이런 재능이 있다는 것도 평생 모르고 살았을 것이다.

아이러니한 것은, 나의 글은 온라인을 통해 발행되었지만, 막상 나에게 일감을 주거나 사업적인 제안을 하는 사람들은 대부분 입소문에 의해 나를 찾았다는 점이다. 사업가들의 커뮤니티에 적극 참여하다 보니 그들 사이에서 검증이 되자 나는 갑자기 엄청나게 바쁜 사람이 되어 버렸다.

책을 대필해 달라는 의뢰가 여러 건 들어왔고, 적게는 10명, 많을 때는 100명 앞에서 강의할 기회가 계속 생겼다. 저명한 비즈니스 멘토의 유튜브 대본을 집필하게 되었으며, 네이버 카페로 사업하는 업체의 홍보 콘텐츠 제작을 맡기도 했다. 책을 집필하는 스터디 모임의 장이 되어 첨삭 및 코칭을 해 주는 역할도 맡았다. 거기서 더 나아가 책쓰기 기획, 브랜딩 등의 컨설팅을 해 주게 되었고,

그 외에도 여러 사업가 커뮤니티의 리더가 되었다.

죽지 못해 회사 다니던 직장인에서, 그다음으론 뭘 해야 할지 몰라서 방황하던 백수에서 이러한 갑작스러운 변화로 넘어가는 데 걸린 시간은 놀랍게도 고작 3개월 정도였다. 하지만 3개월 전의 나도 열심히 살고 있었고, 현재의 나와 다른 사람이 아니었다. 달라진 건 딱 두 가지밖에 없었다. 첫째는 글쓰기라는 사업화할 수 있는 재능을 찾아낸 것, 둘째는 사업의 근본은 결국 '사람'이라는 정답을 깨닫고 나를 성장시킬 수 있는 사람들과 함께한 것.

갑자기 찾는 사람도 많아지고 바빠지니까 처음엔 마냥 즐거웠는데, 점점 혼자 감당하기 어려운 수준까지 차오르게 되었다. 이걸 이 악물고 버텨서 모두 다 해내면 직장인, 자영업자들의 로망이라고 하는 월천 소득 정도는 충분히 가능할 만한 상황까지 왔다. 하지만 뒷간 갈 때와 나올 때의 마음은 다른 법. 미치도록 돌아가기 싫었던 회사에 더 이상 미련을 안 둬도 되는 정도의 소득이 보장되었건만, 나는 여전히 만족할 수 없었다.

어차피 기존에 다니던 회사에서도 억대에 근접하는 소득을 올리고 있었고, 4대보험이나 각종 복리후생까지 고려하면 이 새로운 필드에서 안정적인 월천 소득을 찍는다 한들 단순히 벌이로만 비교하자면 회사 다닐 때보다 메리트가 없다는 생각이 들었다. 그리고 좋아하는 일을 하는 건 물론 행복한 일이지만, 그 일로 인해 너무 바쁜 건 불만이었다. 이래서는 경제적 자유도 얻을 수 없고, 그보다 훨씬 더 갈망하는 시간적 자유는 난망하기만 했다.

결국 다시 새로운 목표를 세웠다. 지금 내가 하고 있는 이 모든 일들을 시스템화하는 것. 혼자 모든 걸 다 해야 한다는 1인 기업가의 틀을 과감히 깨버리고 더 크게 사업화해서 더 많이 벌면서 시간적으로도 더 여유로워지는 걸 추구하기로 했다. 다른 사업가들과 협업할 것이며, 필요하다면 직원도 고용할 것이다. 그리고 그 직원들이 과거의 나같은 처지가 되지 않도록 하기 위해 힘 닿는 데까지 노력할 것이다.

직장인이 홀로서기 해서 월천 소득을 찍었으면 충분히 해피엔딩이라고 생각하는가?

미안하지만 나는 여기서 안주할 생각이 없다. 더 많은 사람들에게 선한 영향력을 행사하고 싶고, 더 많이 베풀며 살고 싶다. 그리고 더 여유로워지고 싶고, 더 자유로워지고 싶다.

사업가로서의 내 삶은 이제 막 시작되었다.

인생을 낭비한 죄

엠제이 드마코의 〈부의 추월차선〉이란 책을 읽어본 분이 많으리라 생각한다. 그 책도 '부자 아빠, 가난한 아빠'와 비슷한 주제의식을 가졌다. 열심히 공부해서 좋은 대학 나오고 좋은 직장에 취업하여 30년 정도 부지런히 일하며 편안한 노후를 꿈꾸는 삶. 이 사회가 우리에게 주입시키는 가장 모범적이고 안정적인 삶. 이게 허상에 불과하다는 것이다. 엠제이 드마코는 말한다. 이러한 삶은 서행차선이라고. 그리고 추월차선이 따로 있다고 한다. 능력이나 배경이 출중한 사람, 혹은 운이 좋은 사람들이나 가는 길인 줄 알고 대부분의 서행차선 여행자들은 추월차선 쪽으로 눈길을 돌리지 않는다. 하지만 부의 추월차선은 막대한 자본이나 출중한 능력이 없는 사람도 발상의 전환 만으로 충분히 진입 가능하다. 다만 그러기 위해선 가장 어려운 한 단계를 클리어해야 한다. 그게 뭐냐면 부의 추월차선으로 진입하기 위해선 서행차선에서 벗어나야 한다는 것이다. 현실에 안주하고자 하는 마음을 아예 갈아엎지 않고선 부의 추월차선 진입이 불가능하다는 것이다. 알기 쉽게 말하자면, 직장을 때려치워야 한다는 거다!

그 외에도 비즈니스계의 구루들이 쓴 수많은 책들 중에 이와 유사한 문제를 제기하는 책은 너무나 많다. 지극히 체제 전복적이고 급진적인 주장이지만, 이러한 책들이 베스트 셀러가 되어도 세상은 바뀌지 않는다. 그건 그 책들의 내용이 설득력이 없어서가 아니라 그 내용을 실천하려면 현실의 틀을 부수고 나와야 한다는 그 허들이 너무 높기 때문이라 생각한다. 나는 상기한 책들의 주장에 100% 동의한다. 그래서 과감히 실천에 옮겼고, 다행히도 지금까진 결과가 좋았다. 이렇게 말할 수 있게 되기까지의 좌충우돌 고생담을 전술했지만, 어쨌든 정말 잘한 선택이라고 생각한다.

그렇다면 이렇게 훌륭한 선택을 했으니 나 스스로를 칭찬해 줘도 좋은 걸까? 전혀 그렇게 생각하지 않는다. 오히려 정반대다. 나는 나 자신에게 대죄를 범했다. 40대 중반의 나이가 될 때까지 아무 문제의식 없이 회사에 머물렀던 나를 용서할 수 없다. 조금 더 빨리 깨달았다면, 조금 더 빨리 시도했다면 내 삶은 지금보다 훨씬 더 의미 있는 것들로 풍성하게 채워졌을 것이다.

고전 영화 〈빠삐용〉에 나오는 유명한 장면이 있다. 독방에 수감된 빠삐용이 꿈에서 사막 한가운데로 걸어 나간다. 저 편엔 배심원들과 재판관이 있고, 빠삐용은 그들에게 자신이 무죄임을 항변한다.

"전 결백합니다. 저는 아무도 죽이지 않았어요. 증거도 뒤집어 씌운 겁니다."

"그래 맞다. 너는 살인죄로 기소된 게 아니다."

"그렇다면 무슨 죄로?"

"네가 저지른 죄는 인간이 행할 수 있는 가장 흉악한 범죄다. 인생을 낭비한 죄!"

"그렇다면 유죄죠. 유죄, 유죄, 유죄…."

'이 정도면 월급쟁이 치고는 괜찮잖아' 하는 생각이 인생의 절반

을 날려 버렸다. '회사 밖으로 나오면 아무것도 할 수 없을 거야' 하
는 두려움에 의미도 가치도 없이 흘러가는 세월에 순응하며 청춘을
떠나 보냈다. 이걸 어찌 중죄라 아니 부를 수 있겠는가! "이렇게 잘
풀릴 줄 알았으면 그 놈의 회사 진작 나왔지! 어쨌든 늦게라도 나
온 게 어디야?" 이러면서 스스로를 다독거려줄 만도 한데 깊은 회
한은 가시질 않는다. 나이 60만 넘어도 사회 주류에서 밀려나게 마
련인데, 내 경우를 돌아보면 가장 왕성하게 활동할 시기 20년이 통
째로 공백인 셈이다. 국내법상 살인죄에 가해지는 형량이 대체로
20년 정도 된다. 나는 인생을 낭비한 죄인이었고, 스스로 형 집행을
마치고 이제 막 만기출소했다.

2장

직장 탈출 1단계

부업, 투잡으로 가볍게 시작하라!

당신을 직장에 평생 묶어두는 두 가지 잘못된 전제

1장에서의 이야기가 남 얘기 같고 와 닿지 않는 독자도 있을 수 있다. 축하한다. 그만큼 직장 생활을 잘하고 있다는 뜻이고, 직장 내에서 충분히 남은 인생의 비전을 보고 있다는 뜻이다. 하지만 나는 그렇지 못했다. 그리고 나와 같은 독자가 많을 거라는 걸 잘 알고 있다.

대한민국 직장인 10명 중 7명은 퇴사하고 창업을 하고 싶어 한다. (2017년 8월 '사람인' 통계 인용, 복수 응답) 회사 생활이 힘들고 짜증나기 때문이라는 응답이 42.3%, 일에 보람이 없다고 느낀다는 응답이 37.2%, 그 외에도 월급이 너무 적다(36.5%), 조직이 답답하다(29.5%), 정년이 짧아 노후가 불안하다(29%) 등의 의견들이 많았다.

그런데 이들 중 실제 창업 경험이 있는 직장인은 10.2%였고, 창업 후 사업체를 유지한 기간은 평균 21개월에 불과했으며, 창업을 유지하고 있는 비율은 14.6%였다.

누구나 초보 시절을 겪는다. 처음엔 뭘 해도 서툴기 마련이다. 당신이 직장에서 아무리 알아주는 사람이었다 하더라도 창업 시장에 뛰어드는 건 왕초보에서 시작하는 셈이다. 그런데 의외로 이걸 인정 못하는 사람이 많다.

직장인, 그중에서도 특히 대기업 직장인들이 잘 나가는 자영업자를 보는 시선은 처음엔 이렇게 오만방자한 경우가 많다.

"공부도 못했고, 사회적으로 인정도 못 받는 사람들이 장사를 하니까 나보다 돈은 훨씬 많이 벌더라. 내가 하면 더 잘할 수 있을 것 같은데."

그러다가 자영업 하면 대부분 망한다는 각종 언론 보도나 통계들을 보며 한편으론 안심한다.

"그래. 몇몇 성공한 사람들 사례로 눈을 흐려선 안돼. 큰돈은 못 벌더라도 노후까지 계획할 수 있는 안정적인 소득을 확보하려면 직장엔 어떻게든 붙어 있어야 해."

우리는 지금껏 직장 생활에만 충실하다 보니 월급 받으면서 일했던 특정 분야를 제외하고는 아는 게 거의 없다. 시야가 극히 좁아져 있다. 이걸 인정하지 못하고 창업 시장에 뛰어드는 직장인이 그리 많지는 않지만, 어쨌든 있기는 있다. 그리고 아니나 다를까 그중 80%는 망한다.

이런 사례들이 반면교사가 되면서 '역시 회사에 남아 있는 게 이

득이다, 현실은 어쩔 수 없다' 하는 의식이 직장인들에게 더욱 뿌리 내려진다.

　위의 이야기에는 두 가지 전제가 있다.
　첫째, 내 사업을 하려면 직장을 그만 둬야 한다.
　둘째, 창업을 하려면 막대한 자금이 필요하다.
　잘되면 직장인보다 훨씬 많은 수입을 얻을 수도 있겠지만, 대부분의 경우처럼 잘 안된다면 모아뒀던 돈도 다 까먹고 인생이 나락으로 갈 수도 있다. 일생을 건 모험일 수밖에 없고, 이길 확률이 낮은 게임인데, 졌을 때의 대가는 혹독하다. 그러다 보니 결국 우리의 선택도 강제된다. 불만이 있더라도 사는 게 원래 그런 거니 참고 견디며 회사에 붙어 있는 것.

　앞으로 할 얘기는 전술한 두 가지 전제가 다 틀렸다는 것이다.
　나는 독자 여러분이 직장을 탈출할 것을 권하지만, 당장 회사를 그만 두고 나와 몇천, 몇억씩 자본을 들여서 뭔가 거대한 걸 차려 보라고 하진 않을 것이다.
　직장 탈출을 위한 준비는 직장을 다니면서 해야 한다. 당장의 수입원이 끊기는 위험을 감수할 필요가 없다. 또한 뭔가 자기 사업을 한다는 게 반드시 큰돈이 들어야 하는 것도 아니다. 무자본이나 소자본으로 창업하는 방법이 얼마든지 있다.

시나리오는 이러하다. 직장을 다니면서 무자본으로 창업할 아이템을 찾는다. 방향이 설정되었다면 사업을 준비하고 이에 필요한 역량을 쌓는다. 부업이나 투잡을 한다. 이때 부업은 단순히 내 시간을 더 투여해서 수입을 늘리는 것이어서는 안 된다. 창업을 위한 역량 쌓기에 도움이 되는 부업이어야 한다. 부업으로 인한 수입이 늘어나는 만큼 당신의 역량도 점점 향상된다. 어느 순간 부업의 수입이 본업에서 나오는 월급을 역전할 것이다. 그쯤 되면 퇴사도 두렵지 않다. 직장을 그만 둬도 수입이 끊기지 않는다. 그리고 그동안 당신은 충분한 역량을 쌓았다. 해당 분야에서 더 이상 왕초보가 아닌 것이다. 본격적으로 내 사업을 시작한다. 이 역시 처음엔 돈이 들지 않는 형태여야 한다. 1인 기업으로 시작해서 차츰 사업을 키워 나가면 된다.

당장 퇴사할 필요도 없고, 막대한 돈이 드는 리스크를 짊어질 필요도 없는 직장탈출 방법론을 이제부터 하나씩 안내해 드리려고 한다. 당신이 할 일은 책에 적혀 있는 내용을 하나씩 실행해 보는 것뿐이다.

하지만 그 전에 반드시 선행되어야 할 게 두 가지 있다. 하나는 직장인 마인드에서 사업가 마인드로 전환하는 것이고, 또 하나는 일을 벌일 시간을 확보하는 것이다.

일한 만큼 월급 주는 회사는 없다!

공고한 사회적 룰에 대해 반대를 표명하는 건 사실 엄청난 용기가 필요하다. 설령 상식에 반하는 무언가를 깨달았다고 해도 굳이 세상과의 불화를 감수하며 주변에 이를 떠벌릴 필요는 없다. 그래서 아무도 얘기해 주지 않는다. 사실 당신 회사의 사장님도 이미 알고 있다. 그러면서도 직원들에겐 직장 생활과 노동은 당신의 사회적 위치와 가정을 지켜주는 소중한 것이라고 말한다.

직장인 인생은 기본적으로 손해 보는 장사다. 아무리 노동의 가치를 억지로 만들어 내서 주입해 봤자 급여소득자의 인생이 별 볼일 없다는 그 본질은 바뀌지 않는다. 노동력을 제공한 대가로 돈을 버는 이들은 동서고금을 막론하고 그 사회에서 가장 낮은 신분에 속했다. 현대 사회는 단순 노동이 아니라 전문가만이 할 수 있는 고급 노동이 많아졌으므로 고대 신분제 사회와는 다르다고 주장할 수도 있다. 실제로 당신이 회사에 제공하는 노동의 대체불가성이 높다면, 당신은 이 사회에서 제법 높은 신분을 달성했다고 착각하고 있을 것이다. 그리고 당신과 같은 전문 지식 같은 건 없으면서 그저 돈으로 모든 걸 해결하는 부자들을 속으로 만만하게 보고 있을지도 모른다.

하지만 그러한 부자들이 당신을 고용하고, 당신을 이용한다. 돈으로 살 수 있는 건 다 사버리는 것이 베스트다. 부자들은 시간도 사고, 사람도 산다. 그게 더 큰돈을 벌어들일 수 있는 투자라는 걸 알기 때문이다. 그리고 그렇게 해야 놀든, 쉬든, 자기계발을 하든 더 효과적인 시간 활용이 가능하다.

엄청나게 그림을 잘 그리는 미술 선생과 그를 고용한 미술에 문외한인 미술학원 원장이 있다면, 결국 이 미술 선생은 원장에게 있어 유능한 직원 정도에 불과하다.

뛰어난 실력을 가진 미용사가 있고 그를 고용한 미용실 원장은 더 이상 가위도 잡지 않는다면?

누군가가 소위 오토로 돌리는 식당이 있다면 일 하는 사람 따로, 수금해 가는 사람 따로인 시스템이 만들어졌다는 뜻 아니겠는가!

당신의 위치를 인정하라. 당신이 누군가에게 고용되어 있다면, 당신은 그 누군가를 위해 돈을 벌어주는 사람일 뿐이다. 그렇게 당신이 벌어준 돈 중에 극히 일부가 당신에게 급여라는 이름으로 돌아온다.

당신이 일한 것 이상으로 월급을 주는 회사는 있을 수 없다. 당신이 창출한 부가가치보다 급여가 더 나간다면 회사 입장에선 차라리 고용을 하지 않는 편이 득이 된다. 당신의 회사가, 당신 회사 사장이 나빠서가 아니다. 그냥 구조적으로 그렇게 되어 있는 것이다.

급여를 지급하고도 남는 게 더 있어야 회사는 고용을 유지한다. 우리의 노동은 절대 제 값을 받지 못한다. 대기업 직원이나 전문직을 부러워하는 사람도 많다. 하지만 그들의 급여 역시 상대적으로는 높을지언정 이 구조를 뛰어넘을 순 없다. 뼈 빠지게 일해서 남 좋은 일 시켜 주는 게 월급쟁이의 운명이다.

월급쟁이가 사는 방법의 정석을 누구나 알고 있을 것이다. 30년 이상 남 밑에서 일하고, 빚내서 내 집 마련하고, 알뜰살뜰 아끼면서 살다 보면 은퇴할 때쯤 어느 정도 형성된 재산과 연금 등을 통해 노후를 해결한다는 것. 당신이 은퇴할 즈음 화폐 가치가 어떻게 변해 있을지, 국민연금은 제대로 나오긴 할지 등의 문제가 남아 있지만, 일단 그런 건 어찌어찌 넘어간다고 치자. 그래 봤자 노후에 일을 못 해도 굶어 죽지 않을 수 있는 자격을 얻는 정도가 당신 일생을 바친 최대치의 달성이 될 것이다. 눈 감는 날 돌아봐도 당신에게 영광의 시대 같은 건 없었을 것이다. 뭔가 속은 것 같고 이게 아닌 데 싶어도 살 날도 얼마 남지 않은 당신에게 돌이킬 수 있는 기회는 주어지지 않을 것이다.

서슬 퍼런 왕정 시대에도 왕후장상의 씨가 따로 있냐 외쳤던 이들이 어딘가엔 있었다. 누구는 사장이고, 누구는 직원이어야 하는 이유는 어디에도 없다. 다만 우리는 모반을 꾀하거나 세상을 뒤집으려는 불순분자가 아니다. 이러한 사회 시스템이 왜 생겼고 어떻게 유지되는지, 그 안에서 우리가 속고 있는 게 무엇인지만 캐치할 수 있다면 그걸로 충분하다.

대표적인 오류 두 가지만 바로잡아 보자.

첫째, 직장인은 은퇴할 때까지 안분지족하며 직장에 붙어 있어야 한다는 오류.

둘째, 직장 다니다가 홧김에 그만 두고선 '나도 사업이나 해봐야겠다' 하는 마인드로 준비 없이 창업하는 오류.

이 두 가지 오류를 극복하지 못해서 우리의 미래가 불안하고, 현재가 행복하지 못한 것이다. 더러워도 참고 회사를 다니거나, 그걸 못 참고 뛰쳐나갔다가 대차게 망하거나. 인생의 양자택일이 왜 이따위냔 말이다. 새로운 시대에 맞는 직장인의 커리어 개발의 정석은 이렇게 바뀌어야 한다.

직장 다니면서 창업 준비를 하고, 준비가 끝났을 때 퇴직하고 사업을 시작한다.

이게 가장 안전하고 확실하면서도 당신을 가슴 뛰게 만들어 줄 수 있는 길이다. 직장인에 대한 거짓 신화를 거스르면서도 리스크를 최소화시킬 수 있는 방법론이다. 이제부턴 그 방법론에 대해 자세히 얘기해 보고자 한다. 일단 지금과는 비교도 안될 정도로 열심히 살아야 할 것이다.

돈을 주고라도 시간부터 사라!

　주어진 시간을 열심히 살아내면 성공의 문은 열린다. 물론 미친 듯이 노력했는 데도 실패만 거듭한 사람도 있을 것이다. 아무 노력 없이 떵떵거리며 사는 사람도 분명 있고, 그 비율도 비슷할 것이다. 하지만 이런 부류는 알고 보면 극소수이다. 교통사고 날까 봐 무서워서 차를 못 타고 다닐 게 아니라면, 열심히 살면 성공한다는 이 단순한 진리를 그냥 믿어버리는 게 현명하다.

　이해한다. 당신은 이미 열심히 살고 있다. 회사는 열심히 하지 않는 직원에게도 생존을 보장할 정도로 자비로운 곳이 아니다. 열심히 살면 성공한다는 명제는 마치 당신을 약올리는 것 같을 지도 모른다. 이건 방향성의 문제다. 어떤 전략을 갖고, 어떤 방향으로, 무엇을 열심히 해야 하는지에 대한 얘기다.

　직장 생활을 더 열심히 해서 연봉도 오르고, 진급도 빨리 하는 그런 삶을 여전히 목표로 하고 있다면 지금이라도 이 책을 덮고 그렇게 하시라. 하지만 이제부터 얘기할 방향성은 그보다 훨씬 더 매력적이고 솔깃한 지점을 향한다.

　돈과 시간의 자유!

　직장인의 연봉이나 퇴직금, 혹은 연금 같은 걸로는 꿈도 꿀 수 없는 큰돈을 벌어서 평생 돈 걱정 하지 않을 수 있는 삶. 그리고 그러한 여유를 주말을 활용하거나 연차를 쓰지 않아도 마음껏 누릴 수 있는 시간적인 자유가 있는 삶.

이게 궁극적인 목표이다. 이 목표를 이루기 위해서는 당연히 뭔가 큰 사업을 해야 할 것이다. 하지만 우리에겐 갑자기 큰 사업을 벌일 만한 재력도 없고, 기술도 없고, 인맥도 없다. 심지어는 사업이 갖는 위험성을 감수할 배짱도 없다. 괜찮다. 작게 시작하면 된다. 무자본으로 창업하는 1인 기업 형태로 시작해서 점차 키우면 될 일이다. 물론 이러한 작은 사업조차 지금 잘 다니고 있는 회사를 그만 두고 벌이기에는 여전히 두렵다. 역시 괜찮다. 회사를 그만 두지 않은채 부업부터 시작해서 그게 자리를 잡을 때쯤 퇴직하면 그만이다.

다시 시간순으로 정리해 보자.

직장 다니면서 부업을 시작한다 → 그 부업으로 월급을 대체할 수 있겠다는 확신이 섰을 때 퇴직한다 → 1인 기업으로 나만의 사업을 시작한다 → 내 사업을 크게 성장시키고 자동화한다 → 돈과 시간의 자유를 얻는다

이 로드맵의 첫 발을 떼기 위해 가장 먼저 준비해야 할 건 무엇일까? 뻔하고 간단하면서도 당신이 지금껏 해내지 못했던 그걸 해내야 한다. 시간 확보! 당장 직장을 그만 두지 않으면서 뭔가 반전의 계기를 만들려면 이게 유일한 방법이다.

시간은 누구에게나 공평하게 유한하다. 하지만 우리는 이렇게

소중한 자원을 그냥 흘려보내며 살고 있다. 일단 직장을 다니는 것 자체가 가장 강력한 디메리트다. 우리는 우리의 시간을 회사에 팔아 그 대가로 월급을 받고 있지 않은가! 당신의 직장이 야근을 밥 먹듯이 하고, 주말도 없이 일해야 하는 곳이라면 '직장생활 = 삶'이라는 애잔한 공식이 성립할 것이다. 설령 9 to 6가 잘 지켜지는 괜찮은 회사라 하더라도 퇴근하고 집에 와서 저녁 먹고 한숨 돌리려 하면 밤 8~9시 정도 될 것이다. 그렇게 아주 약간 얻은 자투리 시간은 어떻게 흘러가는가? TV나 유튜브 좀 보고 게임 좀 하다가 잠들거나, 친구를 만나서 술 한 잔 하거나, 취미 생활을 하거나, 데이트를 하거나, 아이와 놀아 주거나, 산책이나 운동을 하거나… 이 예시들 중엔 무가치한 것들과 그렇지 않은 것들이 섞여 있다는 생각이 들지도 모르겠다. 그런데 직장 탈출, 내 사업하기, 돈과 시간의 자유를 누리기라는 단일 기준으로 평가하자면 다 똑같이 무가치하다. 당신의 삶이 이대로 계속 흘러가서 별다른 성취 없이 한 살 한 살 나이만 먹어가는 걸 원치 않는다면 이 현실을 직시해야 한다. 진정으로 삶을 바꾸고 싶다면 지금의 삶에 강력한 균열을 일으키지 않으면 안 된다.

나태하게 시간 보내기를 그만 둬라. 절대 버릴 수 없는 것 빼고는 퇴근 후 시간을 비워라. 유흥을 그만 둬라. 별 의미 없는 모임도 과감히 탈퇴하고, 당신의 시간을 뺏는 모든 것과 절연하라!

세상사 웬만한 일은 돈이 있거나 시간이 있으면 해결이 된다. 당신에게 충분한 돈이 있다면 애초에 지금 그 직장을 다니고 있지도 않았을 것이다. 그러다 보니 돈을 벌기 위해 시간을 파는 직장인 신세가 된 것이고, 충분한 돈도 벌지 못하면서 당신의 시간이, 세월이, 인생이 회사에 귀속되어 왔던 것이다. 당신을 구원해 줄 수단 중 돈은 해당 사항이 없다면 남은 건 시간 뿐이다. 인생의 역전 홈런을 날려보고 싶다면 시간부터 지배해야 한다.

내 얘기로 잠시 돌아가 보자면 맞벌이 부부에 어린 자녀를 양육해야 하는 상황이었고, 퇴근 후 아이 밥 먹이고, 씻기고, 재우는 데까지가 모두 내 담당이었다. 아내가 나보다 오히려 퇴근이 더 늦는 상황이었으니 선택지도 없었다. 그래서 결국 내가 선택한 방법은 새벽 4시 기상이었다. 집에서 직장까지 거리도 먼 편이라 6시부터는 출근 준비를 해야 했고, 하루 두 시간 정도를 벌 수 있는 유일한 방법이 이것이었다. 그렇게 주중 하루 두 시간씩 총 열 시간, 주말 하루 열 시간씩 총 스무 시간, 합계 주 30시간을 확보했다. 그 시간을 활용해서 1인 기업 창업을 목표로 미친 듯이 공부하고, 연구하고, 실행했다. 그 과정에서 벽에 부딪혔을 때도, 반대로 뭔가 감이 잡혀서 더 잘할 수 있을 것 같은 느낌이 들었을 때도 공통적으로 갈구했던 것은 더 많은 시간이었다. 그래서 결국 육아휴직까지 결심하게 되었던 것이다. 이는 당장 퇴직할 용기는 없었던 쫄보의 임시 방편이었음을 고백한다. 그래도 당장의 수입이 끊기는 걸 감수하고 나름 엄청난 용기를 낸 결단이었다. 육아휴직 급여는 최초 3개월 동안 월 120만 원, 그 이후 9개월 동안 매달 90만 원씩 지급된다. (현 제도상 최대 금액임) 없기보단 낫지만 기존에 받아오던 월급을 포기하는 순간 가정 경제에 타격은 심각할 수밖에 없었다. 당시 나는 이런 마인드였다. 인생의 반전을 만들기 위해 필요한 건 오직 시간이다. 1년치 연봉이라는 돈을 주고 1년의 시간을 살 수 있다면 이는 충분히 구매할 가치가 있다!

최대한 많은 시간을 확보하라. 그리고 지금 당신이 이렇게 시간을 빡빡하게 써야 하는 이유는 훗날 시간으로부터 자유로워지기 위함임을 잊지 말라. 온라인 사업을 홍보하는 대표적인 문구 중 하나가 '당신이 자는 동안에도 돈이 벌린다'라는 표현이다. 이는 당연히 이제부터 당신이 추구해야 할 비전 중 하나이다. 하지만 그 전에 이를 명심하라.

자는 동안에도 돈이 벌리게 만들고 싶다면, 잠을 줄여가면서 그 시스템을 만들어야 한다!

사업구상을 해보자, 부업이라도

시간 확보 계획을 세워 보았는가? 정말 잘하셨다. 천리길을 가기 위한 위대한 한 걸음을 아무도 몰래 내딛은 것이다. 그럼 이제 뭐부터 해보면 좋을까? 일단 절대 하면 안되는 것부터 말해 주겠다. 대리운전이나 편의점 알바 같이 당신의 시간을 팔아서 돈을 버는 일은 당장 돈이 되든 안 되든 무조건 사양하라. 우리는 수입을 더 늘리기 위해 투잡을 하려는 것이 아니다. 그럴 바에야 차라리 좀 덜 벌고 아껴 쓰며 남는 시간을 여유롭게 보내는 편이 오히려 삶의 만족도를 높이는 길이 아닐까 싶다. 직장 생활만으로도 충분히 고달픈데 적은 돈을 더 벌겠다고 자신을 혹사하는 건 정말이지 말리고 싶다.

부업으로 시작하더라도 이를 통해 경험과 지식을 쌓아서 빠른 시일 내에 본업으로 만들 수 있도록 한다는 목표를 세워야 한다. 여가 시간을 없애고, 잠까지 줄여가며 시도하는 이 도전으로 인해 향후 당신은 돈과 시간으로부터 자유로워져야 한다. 그래서 일단 제일 먼저 할 일은 사업구상이다. 당장 사업할 건 아니지만, 그래도 사업구상부터 해보는 편이 시행착오를 줄이고 시간을 아낄 수 있다. 이것저것 해보다가 우연히 본인의 적성이나 괜찮아 보이는 아이템을 발견하고 사업화까지 하는 경우도 많다. 하지만 큰 그림을 그려 놓지 않은 탓으로 여러 가지를 찔끔찔끔 맛만 보고 아무것도 이뤄내지 못하는 경우가 더 많다. 검증된 확실한 길을 가야 시간 낭비를 줄일 수 있다. 당신은 언제까지나 청춘이 아니다.

당신이 직장에서 지금 하고 있는 일이 향후 독립해서 자신의 사업을 만들기에 적합하다면, 직장 생활을 충실히 하면서 훗날을 대비해 인맥을 쌓아두고, 필요한 정보를 모아두는 것이 가장 확실하고 좋은 방법이다. 그런데 이건 너무 당연하고 뻔한 이야기다. 이 방법이 통할 직장인은 그리 많지 않다. 이 책을 읽고 있는 당신은 직장에서는 나름 전문가 대접을 받지만, 그 직장의 후광 없이 혼자서 뭘 해낼 자신은 없을 가능성이 높다. 은행장도, IT 전문가도 결국 퇴사 후에는 치킨집을 차린다는 소리가 괜히 나오는 게 아니다. 직장 밖으로 나오는 순간 쌓아온 것들은 다 사라지고, 스스로는 아무것도 할 수 없을 것만 같아서, 그게 두려워서 우리는 회사에 얽매이는 삶에 그동안 순응해 왔던 것 아닌가?

이제부터 당신을 극히 평균적인 대한민국 직장인이라 가정하고 이야기를 진행해 보려 한다. 당신은 회사가 시키는 일을 어떻게든 처리해 내고, 동료들과 그리 나쁘지 않은 관계를 유지하고 있으며, 똑똑하다거나 센스 있다는 칭찬도 가끔 듣는 편이다. 하지만 회사 밖에서 자생할 만한 역량은 전혀 개발되어 있지 않으며, 내 집 마련이나 주식 투자 같은 건 관심 있지만, 자신이 부자가 될 수 있다는 기대는 진작에 접은 상태다. 직장의 틀 안에서 의미 없이 소모되는 인생이 때론 아깝게 느껴지기도 하지만, 다들 그렇게 사는 거 아닌가 하며 이를 수용하고 있다. 당신의 주변에는 당연히 당신과 비슷한 사람들만 가득해서, 그 안에서 이러한 이데올로기는 쉽게 고착화된다.

이 강고한 벽을 무너뜨리기 위해서는 영화 〈매트릭스〉에 나왔던 딱 한 알의 파란 알약만 있으면 된다. 우리는 스스로를 사업가가 될 수 없다고 믿어왔다. 직장을 다니면서 지금 당장 사업가가 될 수 없다는 건 팩트 맞다. 하지만 사업을 구상하고, 계획하고, 한 걸음씩 실행에 옮긴다면 누구나 언젠가는 사업가가 될 수 있다. 이것도 분명 팩트인데, 아무도 당신에게 말해 주지 않았을 것이다. 창대한 끝을 위해 아주 작고 미약한 시작을 당장 해야 한다.

말은 그럴 듯한데 여전히 내가 뭘 해야 할지 모르겠다!

이렇게 느낄 당신의 막연함을 이해한다. 그래서 지금부터 당신이 시도해 볼 수 있는 것들을 하나씩 소개하고 일일이 떠먹여 드릴 것이다.

우선 직장 생활만 열심히 해왔던 당신도 무자본 창업, 1인 기업, 디지털 노마드 같은 말은 들어봤을 것이다. 당신의 지식, 경험, 노하우 같은 걸 사업 아이템으로 삼고, 온라인에 본진을 구축하고, 꾸준히 콘텐츠를 발행하고, 모여든 사람들과 소통하고, 최종적으로는 강의나 컨설팅 같은 수익 모델을 추구하는 방법론이다. 이런 건 아무나 하는 게 아니고 당신과 맞지 않을 것 같은가? 천만에! 누구나 리스크 없이 시도할 수 있고, 포인트만 잘 짚어낼 수 있다면 평범한 당신도 충분히 경쟁력을 갖출 수 있다.

앞서 나의 이야기를 소개한 바 있는데, 당시의 나는 중대한 오류를 범하고 있었다. 하나의 사업 모델을 구상하고, 그걸 구체화하기 위한 도구로 여러 플랫폼을 이용해야 하는데, 그때의 나는 플랫폼 자체를 사업 모델로 착각했었다. '블로그로 돈 벌자, 유튜브로 돈 벌자' 하는 막연한 계획뿐이었다. 그렇게 이 세계의 본질을 꿰뚫지 못하고 있다 보니 시행착오의 시간도 길 수밖에 없었다. 당신은 나와 같은 시간 낭비를 하지 않기를 바란다. 이 책의 3장에서 사업 모델 만드는 방법에 대해서 자세히 기술했으니 해당 부분을 참고하면 된다.

다만 지금부터는 역설적이지만 여러 플랫폼을 통해 수익을 창출할 수 있는 방법들을 먼저 소개할까 한다. 방금 그러면 안된다고 말한 블로그로 돈 벌기, 유튜브로 돈 벌기 같은 것들 말이다. 이유는 세 가지다.

첫째, 당신은 일단 뭐라도 시작해야 한다. 그보다 중요한 건 결단코 없다. 사업구상이 완벽해질 때까지 기다리다가는 십중팔구 아무것도 하지 못한다. 사업구상이 중요한 건 맞지만, 실제로 이게 가장 어렵다. 스스로 할 수 있겠다 확신이 드는 사업 모델을 발견 못할 수도 있다. 일단 시작부터 해 놓으면 더 많은 정보를 얻게 되고, 주변이 보이면서 본인의 사업 아이템도 더 효과적으로 정할 수 있게 될 것이다. 심지어 처음 생각한 사업 모델은 실제로 일을 진행해 가면서 수시로 바뀔 것이다. 그러니 완벽한 계획을 먼저 세우고 이후 실행을 한다는 작전은 비현실적이고 비효율적이다. 다만 '나는 알바나 투잡을 하려는 게 아니라 내 사업을 하려는 거다'라는 생각을 꽉 붙들고 있어야 길을 잃지 않을 수 있다.

둘째, 당신의 사업 아이템이 뭐가 됐건 다양한 온라인 플랫폼의 전반적인 사항들에 대한 기본 지식은 필수적으로 탑재해야 한다. 그래야 당신의 사업 모델이 알고 보니 인스타그램이나 밴드가 더 어울리는 아이템인 데도 본인에게 익숙한 블로그에만 본진 구축을 한다거나 하는 오류를 피할 수 있다. 블로그, 카페, 유튜브, 틱톡, 인스타그램, 페이스북, 네이버 밴드, 카카오톡 오픈 채팅방, 출판 책 발간 등 당신을 알리고, 고객을 모을 수 있는 온라인 플랫폼은 무척 다양하다. 이러한 플랫폼들을 어떻게 활용하는지, 각 플랫폼의 장점과 단점은 무엇인지 깊이 파고들진 않더라도 기본적인 이해는 해야 한다. 그래야만 당신의 사업 모델에 어울리는 본진은 어느 플랫폼인지, 그리고 향후 어떤 서브 플랫폼을 활용할 것인지 전략을 수립할 수 있다.

셋째, 당신은 당장 돈을 벌어야 한다. 적은 돈이라도 회사가 주는 월급이 아닌 내 힘으로 버는 돈은 그 의미가 남다른 법이다. 물론 월급도 내가 일한 대가로 받는 것이지만, 월급 외 수입을 만들어 내는 것은 느낌이 완전 다르다. 그리고 사업을 준비하는 과정이 돈을 소진하는 방향으로 전개되어선 곤란하다. 우리는 금전적인 리스크를 안는 대신 시간을 투자하기로 했었다. 우리의 사업 준비는 돈을 쓰면서가 아니라 돈을 벌면서 진행되어야 한다. 적게라도 돈을 벌면서 향후 한 사람의 사업가로 당당히 설 수 있는 역량을 키워가야 한다.

시간은 확보했다. 사업구상은 100% 된 것은 아니지만 항상 염두에 두고 있다.

그럼 준비는 끝난 것이다. 이제 실전이다.

블로그로 돈 벌기 ① 딱 이만큼만 알고 시작하자!

온라인에서 부업으로 가장 쉽게 돈을 벌 수 있는 플랫폼은 역시 블로그다. 다양한 수익화 방법이 있다는 걸 검색 몇 번만 해봐도 확인할 수 있다. 네이버 블로그가 당연히 가장 대표적이고, 다음 티스토리, 구글 워드 프레스, 카카오 브런치 등의 채널도 유사한 기능을 제공한다. 여기서는 네이버 블로그에 대해 집중적으로 알아볼 것이나, 향후 구글 기반의 검색이 대세가 될 것이므로 이에 대한 지식도 반드시 갖춰놔야 함을 미리 말씀드린다.

시중에 블로그 관련 책도 정말 많이 나와 있고, 네이버나 유튜브에 검색만 해봐도 블로그로 수입 얻는 방법에 대해 많은 정보가 공개되어 있다. 하지만 누구나 알 수 있는 뻔한 정보, 혹은 당신이 소화하기 힘들 정도로 깊은 정보, 심지어는 거짓 정보까지 혼재되어 있어 접근하기가 쉽지 않을 것이다. 우리의 목표는 일단 시작하는 것, 그리고 그로 인해 돈을 버는 것이다. 그 목적성에 의거해서 당신이 꼭 알아야 할 것들을 최소한으로 알려드리고자 한다.

1. 블로그를 키우는 시간이 필요하다

블로그를 일기 내지 일상 기록장 정도의 용도로 사용하는 사람도 많다. 하지만 누군가가 봐주기를 바라며 전략적으로 운영하는 게 기본이다. 많은 사람들이 보는 글의 힘은 당신의 상상 이상이다. 당신이란 사람을 알리는 데에 이만한 게 없으며, 당신이 어떤 상품이나 서비스를 판매하고자 한다면, 블로그의 글은 돈을 들이지 않고도 광고 역할을 한다. 잘 키워놓은 블로그를 갖고 있다면, 주변에서 당신에게 도움을 청하거나 협업을 요청하는 일도 반드시 생긴다.

하지만 당신이 블로그를 개설하고 글 하나를 올렸다고 해서 상기한 일이 발생할 가능성은 제로에 수렴한다. 처참한 조회 수가 나올 것이고, 그야말로 아무 일도 생기지 않을 것이다. 왜냐하면 모든 온라인 플랫폼은 해당 회사가 만든 로직 내지는 알고리즘에 의해 운영되는데, 네이버 역시 좋은 글일수록 사용자들에게 잘 노출될 수 있도록 한다는 목표를 달성하기 위한 알고리즘을 갖고 있다. 사람이 좋은 글인지 아닌지 일일이 읽어봐서 검증하는 게 아니다. 그러니 갓 개설한 블로그에 글 하나가 올라와 있다면, 일단 좋은 글인지 아닌지 검증 자체가 불가능하다고 봐야 한다.

일단은 글이 쌓여야 한다. 이 바닥의 신화 중 하나가 1일 1 포스팅을 통해 블로그를 최적화시킬 수 있다는 건데, 개인적으로 동의하진 않지만 적어도 블로그를 시작하는 당신이라면 한 달 반에서 두 달 정도는 1일 1 포스팅을 지켜서 해볼 필요가 있다. 그래야 블로그 지수가 좋아지고 알고리즘으로부터 성실하게 글을 발행하는 블로거라고 인정받을 수 있다. 새로운 콘텐츠가 자주 올라오고 많이 쌓여 있을수록 알고리즘에 의해 당신 블로그의 글이 더 잘 노출되게 되는 것이다.

2. 블로그는 키워드가 전부다?

블로그에 글을 쓰는 목적은 여러 가지가 있겠지만, 공통적인 궁극의 목적은 많은 사람들이 읽게 만드는 것이다. 1일 1 포스팅을 통해 블로그 지수를 높이는 것도 알고리즘의 선택을 받아 당신의 글이 많은 사람들에게 노출될 수 있게 하기 위함이었다. 그렇다면 블로그의 노출은 어떻게 이뤄지는가? 당신도 알다시피 오직 검색이다. 검색을 통해 블로그는 노출된다. 그래서 키워드가 중요하다. 일반적인 글과 블로그 글의 차이점을 딱 하나만 들라고 한다면, '블로그는 검색을 대비한 키워드를 염두에 두고 글을 써야 한다'라고 말하고 싶다.

글의 제목에서부터 키워드가 들어가야 하고, 본문 속에도 수 차례 자연스럽게 들어가 주면 좋다. 그리고 처음엔 약한 키워드부터 뚫어야 한다. 예를 들어, '강남 맛집' 같은 키워드는 척 봐도 검색 수도 많고, 이를 노리는 블로거도 많아서 센 키워드이다.

네이버 검색광고 화면이나 키워드마스터 같은 웹사이트를 통해 확인 가능한데, '강남 맛집'은 모바일 검색 수만 월 8만 건이 넘는 것을 알 수 있다.

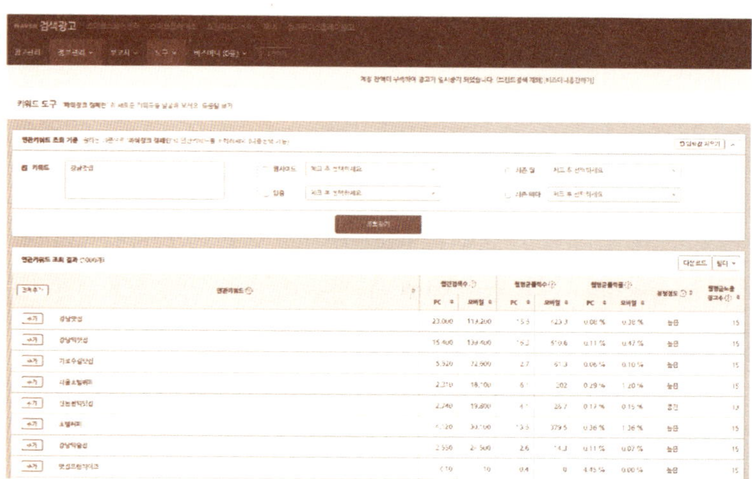

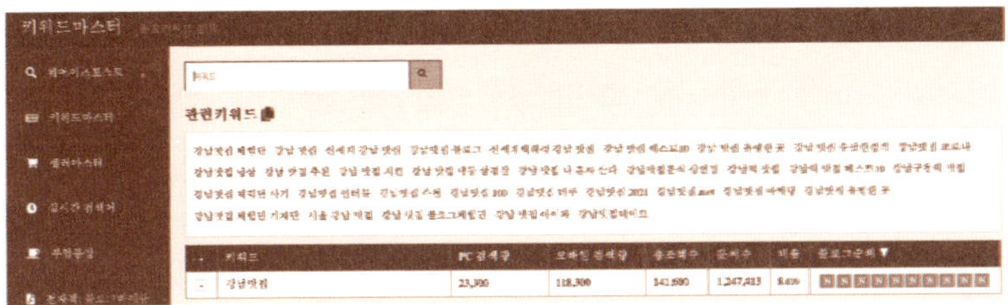

그러나 '강남 맛집'을 검색하면 나오는 문서의 수가 124만 건이다. 블로그 지수가 가장 높은 고인물들의 격전지라는 얘기다. 당신이 '강남 맛집'에 대해 아무리 유익한 정보성 글을 적었다 하더라도 100만 번째 정도로 검색된다면 아무도 그 글을 보지 못할 것이다.

약한 키워드란 여기서 좀 더 구체화되고 지엽적으로 들어가서 검색하는 사람도 많지 않고, 관련 문서 수도 많지 않은 그런 키워드를 말한다.

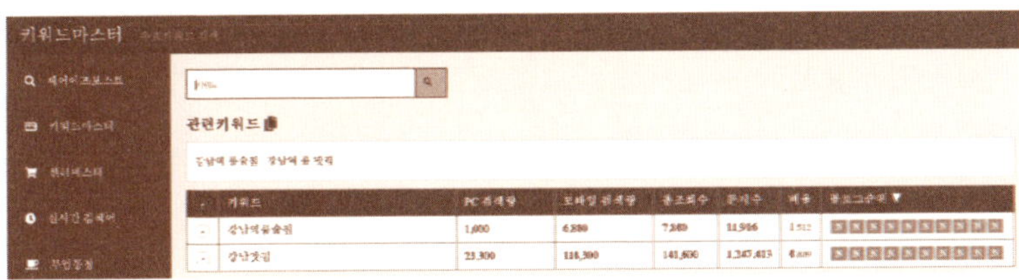

'강남'을 '강남역'으로 좁히고, '맛집'을 '룸술집'으로 좁혀서 '강남역룸술집'으로 검색해 보면 조회 수도 1/20 수준으로 줄었지만, 문서 수는 1/100 수준으로 줄어들어서 경쟁강도가 훨씬 더 약해졌

다는 걸 확인할 수 있다.

　물론 이런 식으로 약한 키워드를 공략한다 해도 초기부터 당신의 블로그가 상위에 노출될 가능성은 높지 않다. 하지만 꾸준한 포스팅을 통해 블로그 지수를 점차 높여가는 것과 중소형 키워드를 노려 글을 작성하는 것이 병행되다 보면 두 달이 채 지나지 않아 변화를 체감할 수 있을 것이다. 아직 센 키워드는 무리겠지만, 당신이 의도적으로 심어둔 키워드를 포함한 글이 해당 키워드 검색 시 상위에 노출되는 경험이 차츰 생겨날 것이다. 일단 그 정도까지 만들어 놨다면 블로그로 돈을 벌기 위한 기본 세팅은 끝났다고 할 수 있다.

●　　　황금 키워드라는 말 들어 보셨는지? 검색 수는 많으면서도 기존 문서 수는 많지 않은 그런 키워드를 말한다. 그런 게 정말 있을까? 아래 그림처럼 찾아보면 분명히 존재한다. 이런 키워드를 노려서 글을 쓰면 상위 노출이 상대적으로 훨씬 쉬울 것이다. 하지만 여기서 중요한 건 당신이 블로그를 하는 이유이다. 단지 키워드만 공략해서 조회 수 늘리는 것에 중점을 둘 것인지, 아니면 당신이 하고 싶은 이야기를 하되 키워드도 신경 쓰는 방향으로 갈 건지. 만약 전자라면 이러한 황금 키워드는 당신의 블로그를 빨리 성장시키는 최고의 무기가 될 것이다. 하

지만 후자인 경우라면 단지 노출을 위해 필요 없는 글을 적는 셈이 될 뿐이다. 방향성을 어느 쪽에 두든 블로그의 글은 키워드를 염두에 둬야 한다는 것만 기억하자. 블로그를 함에 있어 키워드는 분명 가장 중요하다. 그러나 키워드가 블로그의 모든 것일 순 없다.

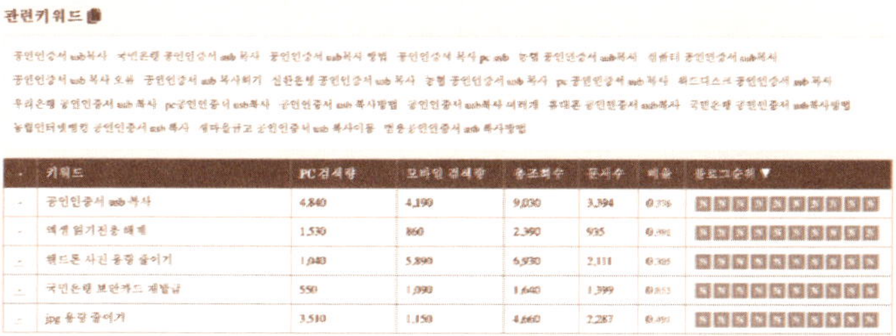

3. 알고리즘은 블로그를 죽이기도, 살리기도 한다

당신이 블로그를 연구하기 위해 유튜브를 보거나, 다른 강의를 듣거나 하다 보면 틀림없이 만나게 되는 단어가 있다. 최적화 그리고 저품질. 뭔가 알 듯 말 듯하면서도 개념이 잘 잡히지 않았을 것이다.

최적화 블로그란 뭘 써도 상위에 척척 노출되는 블로그를 뜻한다. 알고리즘이 좋은 블로그라고 인정해서 팍팍 밀어주는 블로그다. 이런 블로그만이 '강남 맛집' 같은 키워드를 공략할 수 있는 것이다. 수만 명이 검색한 키워드에 최상단 노출을 시킬 수 있는 블로그의 가치는 당신의 예상을 아득히 초월할 정도로 크다. 리뷰 글 몇 편 적어주는 것만으로도 월 천만 원 이상의 소득을 올리는 전업 블로거들이 많이 있다. 그렇다면 당신도 이러한 전업 블로거를 목표로 블로그를 키워 봄이 어떠한가?

미안하지만 당신이 그렇게 되긴 거의 불가능해 보인다. 블로거들이 늘어남에 따라 네이버에서 최적화를 시켜 주는 기준은 계속 까다로워져 왔다. 급기야는 2015년 5월 이후로는 최적화 블로그가 더 이상 나오지 않고 있다는 게 업계의 정설이다. 결국 우리가 노려야 할 것은 '준최적화' 블로그이며, 키워드 공략을 잘한 글을 두 달 정도 1일 1 포스팅하면 어떻게든 그 정도 수준까진 만들 수 있다는 것이다.

이번엔 저품질에 대해 알아보자. 최적화는 아무나 해낼 수 없는 거지만, 저품질은 누구에게나 올 수 있다. 어떤 글을 써도 아예 검색 노출이 되지 않는 상태를 말한다. 가장 간단한 저품질 테스트는 자신의 블로그 글 제목을 통째로 복사한 후 검색창에 붙여넣기 해 보는 것이다. 검색 로직이 제대로 작동한다면 세상에 유일한 내 글이 당연히 맨 위에 떠야 하겠지만, 아예 보이지 않거나 몇 페이지 뒤로 밀려난 채로 노출되는 경우가 있다. 이는 실수로 놓친 게 아니라 알고리즘이 의도적으로 배제한 것이다. 특정 글이 검색에서 사라지는 걸로 시작해 급기야는 해당 블로그의 어떤 글도 검색이 되지 않는 상태가 된다. 이러면 그 블로그는 소위 저품질 먹은 블로그가 된 것이다. 혹자는 저품질을 블로그의 사형 선고라고 표현하는데, 차라리 그보다는 사형 집행이 더 적절한 표현일 것 같다. 이미 죽었고 되살릴 수 없으니 말이다. 전문가들이 입 모아 하는 얘기다. 저품질 걸린 블로그는 버리고 새로운 블로그를 다시 시작하라고.

저품질이 되는 대표적인 원인으로는 제목 및 내용에 과도한 키워드(검색어) 반복, 상업성 사이트 링크, 병원 포스팅 그리고 불량 IP 및 상위노출을 위한 댓글, 공감, 스크랩 조작 등이 있다. 일단 당신에게 지금 당장 와 닿을 사항은 없을 것이다. 네이버가 싫어할 만한 과도한 상업적 행위, 혹은 당신은 하고 싶어도 할 줄 몰라서 못하는 각종 매크로 조작 행위 같은 것만 안 하면 되는 거 아닌가 하는 생각이 들 것이다. 이는 블로그의 세계에 본격적으로 뛰어들자마자 깨어질 생각이긴 하다. 하지만 이제 막 블로그를 시작하는 당신이라면 그런 게 있다는 정도만 알고 넘어가도 안 될 건 없다.

직장탈출 전도사의 Tip!

● 최적화, 준최적화, 저품질 등의 단어는 온라인 마케팅 업계 사람들이 만든 용어이고 네이버에서 공식적으로 인정하는 용어가 아니다. 그러다 보니 이러한 용어들의 정확한 정의를 내리기도 사실상

불가능하다. 최적화나 저품질의 기준 같은 게 있을 리 없다. 그냥 검색 노출 잘되는 블로그는 최적화된 것이고, 최적화까지는 아닌 것 같지만 나름 쓸 만한 정도면 준최적화, 검색에 좀처럼 뜨지 않으면 저품질… 이렇게 추상적으로 정리할 수밖에 없다. 그러니 이러한 용어들에 집착하기보다는 네이버가 좋아하는 게 뭔지 이해해서 그대로 실행하고, 네이버가 싫어하는 일은 되도록 하지 않는다는 대원칙만 확실히 하자. 지금의 우리는 그 정도면 충분하다.

다음 장에서 소개할 블로그로 돈 버는 방법들을 실행하기 위해선 이번 장에서 강조한 작업들이 선행되어 있어야 한다. 꾸준한 1일 1 포스팅, 중소 키워드 공략. 그리고 틈 나는 대로 서로 이웃 늘리는 작업을 하자. 세상 모든 일들이 그러하듯이 블로그도 시작하자마자 돈이 벌리진 않는다. 이 지리한 기초공사 작업을 얼마나 꾸준히 지치지 않고 해내느냐에 따라 승부가 갈린다.

이번엔 이렇게 키운 블로그를 통해 어떻게 수익화를 할 수 있는지 대표적인 방법 몇 가지를 알려 드리겠다.

1. 애드포스트

블로그에 붙는 광고를 본 적이 있을 것이다. 일정 기준을 달성하고 네이버에 신청하면 된다. 그 기준은 다음과 같다.

1. 블로그 개설 후 90일 이상 지났을 것.
2. 일 방문자 또는 조회 수가 100 이상일 것.
3. 공개 포스팅 글이 50개 이상일 것.

위 조건을 만족하는 수준이 되었으면 네이버에 신청한다. 자신의 블로그에 들어가서 프로필의 '관리'로 들어간 후 '메뉴, 글 관리'에서 '애드포스트'로 들어가서 신청하면 된다.

애드포스트 광고가 붙는 블로그는 활발히 활동한다고 네이버로부터 공인받은 블로그라는 정도의 의미로 보면 적당할 것이다. 돈은 안 된다는 뜻이다. 어딜 가나 아웃라이어는 있지만, 어지간한 파워 블로거들도 한 달에 대략 10~20만 원선 정도로 추정된다. 당신은 한 달에 커피 한 잔 값 정도 버는 걸 목표로 하면 될 것 같다. 어쨌든 적은 돈이라도 안 버는 것보단 낫고, 블로그를 꾸준히 잘 키우면 누구나 얻을 수 있는 수입원이기에 제일 먼저 소개했다.

구글 기반의 플랫폼에서 광고를 유치하는 걸 '애드 센스'라고 한다. 티스토리나 워드프레스에 적용시킬 수 있으며, 당신이 잘 아는 유튜브 역시 '구글 애드 센스 수익'을 얻기 위해 많은 이들이 뛰어든다. 글로벌 기업답게 애드 포스트와는 비교하기 힘들 정도로 같은 노력을 들였을 때 광고 수익이 높다. 전업 유튜버가 늘어나는 이유다. 하지만 네이버 블로그를 운영하는 사람들 중에 오직 광고 수익만을 목적으로 하는 사람은 거의 없을 것이다. 국내에서는 아직도 검색 최강자의 지위를 갖고 있고 사회적인 영향력이 가장 강한 회사 중 하나가 네이버다. 우리는 그 영향력에 올라타서 더 큰 그림을 그려야 한다.

2. 체험단

애드포스트 신청을 해볼 정도로 블로그를 키워 놨으면 돈 벌 방법은 무궁무진해진다. 그중 가장 대표적인 게 바로 체험단 활동이다. 제품이나 서비스 등을 직접 사용해 본 후 블로그에 후기를 포스팅하는 것을 말한다. 앞서 언급했듯이 노출이 잘되고 많은 사람들이 와서 보는 블로그는 강력한 마케팅 수단이다. 많은 광고주들이 전통적인 광고보다 민간인(?) 신분의 블로거들이 입소문을 내 주는 것이 더 효과가 좋다는 걸 알고 있어서 이러한 체험단을 통해 홍보

프로모션을 진행하고 있다.

레뷰, 오마이블로그, 서울오빠 등의 사이트에서 체험단 신청을 하면 광고주, 혹은 광고 대행사로부터 의뢰를 받을 수 있다. 조건은 다양하다. 상품이나 서비스를 무료로 사용할 수 있는 혜택을 주는 게 일반적이지만, 당신이 상위 노출 잘 시키는 블로그를 갖고 있다면 웃돈을 얹어서 리뷰를 요청하는 광고주도 있을 것이다. 소위 최적화 블로그를 가진 전업 블로거들은 리뷰글 써 주는 수익만으로도 웬만한 중소기업 뺨치는 매출을 기록하기도 한다.

네이버 입장에선 사실 골치 아픈 일이다. 검색 시 상위 노출 잘 되는 블로그는 마케팅 수단으로 가치가 높고, 그렇게 가치 높은 블로그에 홍보 요청이 안 들어올 리 없고, 큰돈을 벌 수 있는 블로거가 무료로 홍보해 줄 필요도 당연히 없다. 그렇게 홍보글 하나가 상위 노출되면 광고주도 블로거도 만족스럽겠지만, 막상 정보를 찾기 위해 검색을 한 플랫폼 이용자들은 홍보글로만 가득한 검색 결과에 질려 버리고 구글 같은 다른 플랫폼으로 옮겨가게 된다.

그러다 보니 체험단 활동, 리뷰글 작성을 많이 하는 블로그를 저품질로 만들어 버리는 경우가 은근히 많다. 물론 네이버는 공식적으로 '저품질 블로그'는 없다는 입장이지만, 그걸 믿는 사람은 거의 없다. 다만 네이버도 살아남기 위한 조치인 것이고, 블로거들에겐 홍보성 글만 너무 남발하면 안 된다는 또 하나의 가이드 라인이 만들어졌다. 일상 글을 일정 비율 이상 섞어 준다던가 하는.

마케터들에게 블로그란 무료로 사용할 수 있는 강력한 마케팅 수단이다. 한편 네이버에게 블로그란 양질의 정보를 이용자들에게 전해 주기 위한 창구다. 이렇게 블로그를 바라보는 시각이 본질적으로 다르니 네이버와 마케터는 사이 좋게 지내는 게 불가능하다.

어쨌든 당신은 플랫폼의 주인인 네이버 눈치를 항상 봐야 한다. 체험단뿐만 아니라 블로그를 통해 뭘 하든 네이버가 좋아할지, 알고리즘에 좋은 영향이 갈지를 고민해야 한다.

3. 건바이건

이젠 좀 더 선수들의 영역이다. 광고 업체와 계약을 맺고 업체에서 제공하는 글과 이미지를 그대로 블로그에 올려 주기만 하면 건당 얼마씩 금액을 받는 걸 건바이건이라고 한다. 준비물은 상위 노출 잘 시키는 블로그 하나만 있으면 끝. 직접 글을 쓰거나 사진을 찍을 필요도 없고 복사, 붙여넣기 하고 적당히 다듬어서 발행만 하면 되니, 건당 시간은 5분도 채 걸리지 않을 것이다. 상위 노출만 잘되면 그 포스팅 하나에 10~20만 원 정도는 가뿐히 받을 수 있다. 땅 짚고 헤엄치기가 아닐 수 없다. 당신의 블로그 지수가 어느 정도 올라와 있으면 업자 측에서 먼저 연락이 온다. 아니면 네이버에 '블로그 건바이건'으로 검색만 해봐도 셀클럽, 마멘토, 셀프모아 등의 사이트를 찾을 수 있을 것이다. 일거리는 쉽게 얻을 수 있다.

‘이래서 1일 1 포스팅하면서 두 달 정도 꾸준히 블로그 지수를 높이라는 거구나! 이제 드디어 준비가 됐으니 큰돈 안되는 애드포스트나 번거로운 체험단보다는 이 건바이건을 노려봐야겠다!’

당신이 이렇게 생각하는 건 자연스러운 흐름이다. 하지만 너무 좋은 조건 앞에선 의심도 해 보는 것이 현명하다. 이렇게 좋은 걸 왜 선수들만 독점하고 있는 걸까?

건바이건은 저품질과의 숨바꼭질이다. 일단 어디선가 베껴온 글, 무단으로 퍼온 사진은 네이버 알고리즘이 가장 싫어하는 것 중 하나인 ‘유사문서’이고, 블로그가 저품질로 가는 지름길이다. 업체에서는 ‘절대 동일한 이미지를 제공하지 않는다, 유사문서 걸릴 걱정 안 해도 된다’고 말하며 블로거를 설득하곤 한다. 하지만 그들에게는 당신의 블로그를 지켜줄 의리보다는 자신들의 상품이나 서비스가 더 잘 홍보되는 것이 훨씬 더 중요하다. 실제로 제공된 글과 사진을 아무 가공 없이 복사, 붙여넣기만 해서 포스팅하면 평균 4~5개 정도 포스팅하는 시점에서 저품질에 걸린다고 한다. 당신의 블로그가 갑자기 방문자가 줄어들고 상위 노출이 안 되기 시작하면 광고 업체는 그 순간 곧바로 당신과의 연락을 끊을 것이다. 당신의 블로그는 이제 더 이상 필요가 없어졌으니 다른 블로그를 찾아 당신에게 했던 그 제안을 또 할 것이다. 이 짓을 반복하는 것이다.

그렇다면 건바이건은 무조건 다 사기이고 절대 하면 안 되는 것인가? 앞서 말했듯이 선수들은 잘만 한다. 이게 진짜 돈 되는 건데 놓칠 리가 없다. 글은 적당히 고쳐 쓰면 되고, 사진도 원본과 다르게 워싱하는 방법이 다 있다. 그래도 과도한 홍보성 글 남발이나 여타 다른 이유로 블로그가 저품질에 빠지면? 그 블로그는 깨끗이 포기하고 새 블로그를 만들면 된다. 키우는 데 시간은 좀 걸리겠지만, 블로그를 직업으로 하는 사람들은 그 과정조차 익숙하다. 한 사람의 개인정보로 만들 수 있는 블로그 계정은 총 3개, 여기에 일가친척, 친구들의 개인정보까지 빌려서 최대한 많은 블로그를 개설하고 마치 농사 짓듯이 이 계정들을 정성껏 키운다.

이게 전문 블로거들과 온라인 마케팅 업체들이 지금도 하고 있는 일이다. 당신도 선수가 되어 보겠다면 말리진 않겠지만, 이런 세계가 있구나 하고 맛만 보고 넘어가길 바란다.

4. 제휴 마케팅

당신이 소개한 상품을 당신의 링크를 통해 누군가 구매하면 그 판매 수익 중 일정 퍼센테이지를 취하는 방식이다. 판매자 입장에서는 구매로 직결되는 창구가 하나 더 생기는 셈이고, 블로거 입장에서는 원래라면 자신과 전혀 연관되어 있지 않은 상품 판매에 개입하여 수수료를 취할 수 있으니 서로에게 도움이 된다. 아마존이나 테슬라 같은 글로벌 기업들도 앞다투어 제휴 마케팅을 하고 있다. 특히 본인이 구매해 보고 만족해서 이를 다시 홍보하는 경우가 많은데, 이는 소비자가 해당 제품의 팬이 되고 나아가 판매에까지 기여한다는 선순환을 만들어 낸다.

애드픽, 링크프라이스, 텐핑 등의 사이트에 가입하면 누구나 제휴 마케팅 활동을 할 수 있고 블로그 지수가 얼마나 좋은지, 일 방문자 수가 몇 명이나 되는지 따지지도 않는다. 물론 판매 실적은 지수가 높은 블로그일수록 더 좋을 확률이 높겠지만, 판매 창구 하나 더 만드는 건 판매자 입장에서도 마이너스 될 게 없기 때문에 오늘 막 블로그를 만든 사람이라도 진입을 허용한다.

이 중 가장 유명한 제휴 마케팅 수단은 아마 '쿠팡 파트너스'일 것이다. 1장에서 내가 해 봤던 경험을 언급하기도 했지만, 여기서 조금 더 자세히 알아보도록 하겠다.

무엇보다도 원청 업체가 나스닥 상장 기업인 쿠팡이라는 게 믿음직하다. 소비자들도 쿠팡이라면 일단 신뢰한다고 봐도 된다. 쿠팡 파트너스에 가입만 하면 누구나 고유의 링크를 받을 수 있다. 그 링크를 블로그든, 유튜브든, 아니면 인스타그램 같은 SNS이든 어디라도 걸 수 있다. 본인의 고유 링크를 타고 들어온 고객이 상품을 구매하는 경우 매출액의 3%를 지급한다. 그리고 특정 상품에 대한 링크를 타고 쿠팡 사이트에 들어온 고객이 더 둘러보다가 다른 상품을 구입해도 똑같이 매출액의 3%를 지급한다. 없는 게 없을 정도로 다양한 상품을 파는 쿠팡이기에 이것도 굉장한 장점이 된다.

이제 어떻게 하면 내 게시물을 최대한 많은 사람들이 보게 만들 수 있을까 하는 과제가 생긴다. 앞서 언급한 '키워드'의 중요성이 훨씬 더 커지는 것이다. 당신의 블로그 지수가 양호하다면 센 키워드를 써도 좋겠지만, 특정 상품을 고객이 구매하게 하는 게 최종 목표인 만큼 최대한 자세하고 지엽적인 키워드를 쓰는 편이 낫다.

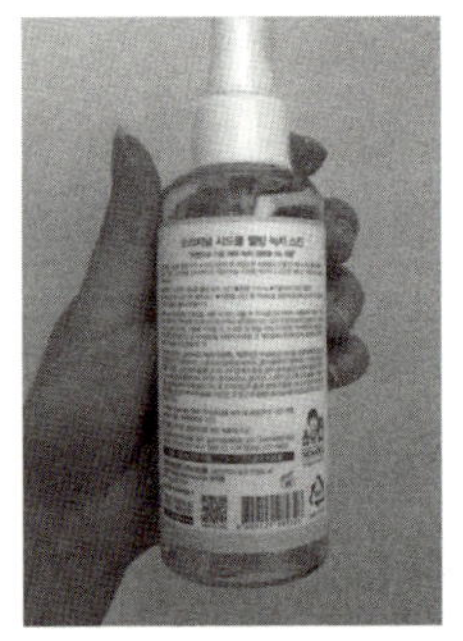

예를 들자면, 위 제품의 경우 정식 상품명이 '오리지널 시드물 웰빙 녹차 스킨'이다. 이걸 쿠팡 파트너스로 판매하려면 어떤 키워드를 잡아야 할까?

-	키워드	PC 검색량	모바일 검색량	총조회수	문서수	비율
-	시드물 웰빙 녹차 스킨	20	110	130	766	5.892
-	웰빙 녹차 스킨	10	60	70	1,854	26.486
-	녹차 스킨	60	320	380	10	314.345
-	시드물 스킨	50	470	520	10	22.904
-	시드물 녹차스킨	230	1,410	1,640	10	1.885
-	시드물	33,500	151,600	185,100	10	0.166
-	오리지널 시드물 웰빙 녹차 스킨	10	10	10	10	INF.

단순히 '녹차 스킨', 혹은 브랜드 이름을 넣은 '시드물 스킨' 같은 경우 발행된 문서 수가 조회 수의 20배~300배에 이르는 걸 볼 수 있다. 블로그 지수가 낮은 상태로 덤벼들 키워드가 아닌 것이다. 하지만 '시드물 녹차 스킨'의 경우 발행된 문서 수가 조회 수의 두 배가 채 되지 않음을 확인할 수 있다. 이런 경우 당신이 이 상품을 쿠팡 파트너스로 팔고 싶다면 어떤 키워드를 잡아야 할까?

정답은 그림의 맨 아래에 있는 '오리지널 시드물 웰빙 녹차 스킨'이다. 그 키워드로는 아무도 검색을 안 하는데? 상관없다. 이렇게 상품 이름 전체를 다 적어버리면 어떤 키워드라도 그 안에서 다 커버가 가능해진다. 그리고 세부 키워드로 검색하는 사람일수록 당신의 글을 발견하게 될 가능성이 높아진다.

이처럼 제휴 마케팅은 당신의 블로그를 하나의 상점처럼 활용하는 것이다. 그러니 신속하고 부지런히 포스팅해서 상점의 물건을 잔뜩 늘려 두는 편이 좋다. 글 하나 발행하는 시간도 숙련자는 웬만해선 10분을 넘기지 않는다. 사진과 간단한 제품 설명 그리고 링크 첨부, 이게 전부이기 때문이다. 남들의 손이 덜 탄 알짜 키워드를 찾아내는 재능, 독자가 구매하고 싶게끔 글을 쓰는 재능 정도만 있으면 월 100~200만 원 정도 버는 부업으로 아주 적당하다. 하루에 수십 편의 글을 발행하면서 아예 본업으로 삼는 사람도 많다.

하지만 이러한 제휴 마케팅을 네이버 블로그에서 지속적으로 하는 건 여간 힘든 일이 아니다. 앞서 소개한 건바이건 못지않게 블로그 저품질이라는 위험에 노출되어 있다. 일단 제휴 마케팅 글은 상품을 홍보해서 판매하기 위해 작성되는 순도 100% 상업적인 글인데, 이는 양질의 정보는 좋아하지만 상업성, 홍보성 글을 싫어하는 네이버 알고리즘과 갈등이 생길 수밖에 없는 구조이다.

특히 가장 문제가 되는 건 '외부 링크'다. 쿠팡 파트너스의 경우 당신의 글에 유입된 독자들이 쿠팡으로 연결되는 링크를 타고 들어가서 상품을 구매해야 수익이 발생한다. 그런데 네이버는 블로그 글 안에 외부로 통하는 링크가 들어가는 것을 굉장히 싫어한다. 네이버는 이용자들이 네이버 안에서 모든 걸 다 해결하고 밖으로 나가지 않기를 바란다. 영상을 보고 싶으면 유튜브로 가지 않고 네이버TV로 가는 것, 쇼핑을 하고 싶으면 쿠팡 같은 사이트로 가지 않고 네이버 쇼핑을 이용하는 것. 이런 게 네이버가 바라는 그림이다. 그렇다면 아예 외부 사이트, 그것도 네이버의 경쟁사인 쿠팡으로 이용자들을 옮겨 나르는 블로그를 네이버는 어떤 시선으로 볼까?

쿠팡 파트너스에서 활동하는 블로거들에게 불이익을 주지 않는다는 게 네이버의 공식 입장이다. 하지만 네이버는 저품질 개념 자체를 부정하고 있음을 기억해야 한다. 일체의 안내나 통보 없이도 특정 블로그를 세상 사람들의 시선에서 사라지게 만들 수 있는 권력자가 네이버다. 세상의 모든 온라인 플랫폼을 통해 사업하는 이

들이 명심해야 할 불문율, 플랫폼은 그 세계의 신이다. 플랫폼에 최대한 잘 보이도록 노력해야 하고, 플랫폼과 척을 지는 순간 그 사업은 끝이다.

쿠팡 파트너스가 순식간에 퍼진다 싶더니 급기야 2020년 3월 저품질 대란이라 불리는 사태가 일어났다. 대부분의 쿠팡파트너스 활동 블로그가 동시에 저품질에 빠진 것이다. 늘 그랬듯이 어떻게든 방법을 찾는 움직임들이 있었고, 블로그 두 개를 준비해서 한 블로그에 노출용 글을 쓰고 거기에 다른 블로그를 링크시키는 방법, 간단한 홈페이지를 만들어 블로그에서 홈페이지로, 그리고 홈페이지에서 쿠팡으로 연결되게 하는 방법 등 다양한 대응 수단이 연구되었다. 그런데 아직도 설이 분분하고 결론이 나지 않았다. 방금 소개한 우회 링크를 이용하는 방법으로 블로그의 저품질을 막을 수 있다고 가르치는 강사도 있고, 우회를 몇 번을 하건 네이버는 최종 경로까지 다 확인할 수 있으므로 소용없다는 의견도 있다.

블로그를 이용해 가장 빨리 수익을 낼 수 있는 방법 몇 가지를 알아보았다. 이 중 뭐라도 관심 가는 게 있으면 실행해 보기 바란다. 다만 밝은 면과 어두운 면을 모두 알아야 냉정한 판단이 가능하리라 생각한다. 이어지는 글과 3장의 블로그 파트까지 다 읽어 보시면 블로그라는 플랫폼에 대한 본인의 시각이 생길 것이다.

지금까지 블로그를 이용해서 수익을 발생시키는 여러 방법들을 알아보았다. 당신이 그중에 몇 가지라도 꼭 해 보길 바란다.

이번 장에서 설명할 것은 성격이 좀 다르다. 즉각적인 수익화가 목적이 아니라 조금 더 길게 보는 방법이다. 소위 말하는 퍼스널 브랜딩을 위해 블로그를 사용하는 것이다. 우리가 이웃을 맺고 자주 들여다보는 블로그는 거의 다 이쪽 세계에 속해 있게 마련이다.

인스타그램이나 페이스북 같은 SNS처럼 블로그로 '나'의 이야기를 하는 것이다. 일상도 공유하고, 취미나 관심사도 자유롭게 올릴 수 있다. 그러면서도 글이 중심이 되는 채널의 특성상 하고 싶은 이야기를 충분히 다 할 수 있다는 장점이 있다. 특히 칼럼 같은 깊이 있는 글은 블로그와 가장 어울린다. 자신의 전문성을 어필하기에 이만한 게 없다. 스토리 텔링도 자유자재로 할 수 있다. 그러다 보니 많은 사람들이 해당 블로그에 있는 글을 읽고 싶어서, 정보를 취하고 싶어서 방문하게 된다. 그들과 서로 이웃을 맺으며 커뮤니티를 확대해 나갈 수 있다. 점차 자신의 영향력을 넓혀 나가고 전문성을 널리 인정받게 된다.

소통하고 싶어 하는 건 인간의 본능이다. 자신이 관심 갖는 분야에 대해 블로그에 글을 발행하고, 그 글로 인해 많은 사람들에게 영향력을 끼칠 수 있다면 그것만으로도 의미 있는 일이다. 딱 여기까지만 하고 충분한 만족을 느끼는 사람도 많다. 하지만 진짜 고수들은 여기에 돈 버는 장치들을 심어 놓는다.

특히 각종 지식사업을 하는 사람들은 자신을 알리는 게 제조업으로 치환하면 상품 홍보와 같다. 강의나 컨설팅 같은 걸 업으로 하는 많은 사람들이 블로그를 자신들의 본진으로 사용한다. 블로그를 통해 자기자신을 홍보하고, 그다음으론 강의나 컨설팅 같은 서비스를 알리고, 그 블로그 안에 사람들을 모으고, 고객 DB를 확보하고, 타인들의 블로그로 퍼뜨리는 과정까지 다 이루어진다.

기업이나 상품을 홍보하는 경우도 마찬가지다. 평소 블로그에 상품 판매를 목적으로 하는 글만 잔뜩 있는 게 아니라, 관련된 여러 유익한 정보들을 먼저 제공한다. 그렇게 해당 블로그를 찾아온 사람들과 소통하는 과정에서 충분한 친밀감을 확보한다. 그들의 무장 해제가 어느 정도 됐다 싶으면 그제서야 원하는 바를 들이민다. 단순히 상품 홍보만 하는 것에 비해 훨씬 더 고객 개입도가 높아진다.

이러한 방식으로 접근하는 블로그를 보통 브랜딩 블로그라고 부른다. 앞서 설명한 당장의 수익을 위해 운영되는 수익형 블로그와 달리 퍼스널 브랜딩이든, 기업 이미지에 대한 브랜딩이든 브랜딩적 요소가 먼저 고려되는 형태이기 때문이다. 브랜딩 블로그는 즉각적인 수익화 대신 더 멀리 보고 더 큰 그림을 그리는 형태라 볼 수 있다.

하지만 잘 생각해 보시라. 수익형이든 아니든 블로그를 많은 사람들에게 노출시킬 수 있을 정도로 만들려면 어차피 1달 반에서 2달 정도 준비 기간이 필요하다 말씀드린 바 있다. 그 준비 기간 동안 하게 되는 1일 1 포스팅을 개인의 브랜딩에 도움되는 형태로 얼마든지 구성할 수 있다. 넉넉잡아 두 달 뒤에 승부를 볼 거라면 준비 과정에서 미리 브랜딩 블로그 형태로 해 놓아도 시간적인 손해는 없을 수도 있다는 것이다.

브랜딩 블로그의 진입장벽은 오히려 다른 곳에 있다. 그것은 나만의 상품이 있느냐의 여부이다. 수익형 블로그는 내 상품이 아닌 남의 상품을 대신 팔아주는 형태였기 때문에 이런 고민할 필요 없이 즉각적인 수익화가 가능했다. 하지만 브랜딩할 거리가 있어야 브랜딩을 할 수 있을 것 아닌가? 내가 무엇에 관심이 많은지, 내가 무엇을 좋아하는지, 내가 무엇을 잘할 수 있는지에 대한 성찰이 선행되어야 한다. 그리고 거기에서 한 발 더 나아가서 최종적으로 무엇을 어떻게 판매할지에 대한 전략까지 나와 있어야 한다. 그러다 보니 내 상품이 없고, 퍼스널 브랜딩을 해야 할 이유를 딱히 못 느끼는 사람들은 결국 수익형 블로그 쪽으로 가게 되어 있다.

하지만 이 책을 읽고 있는 당신은 그래서는 안 된다. 살림살이에 소소하게 보탤 부업을 찾는 것이 아니다. 시작은 가볍게 부업으로 하더라도, 최종적으로는 나만의 사업을 만들어 직장 다닐 때와는 비교할 수 없을 만큼 경제적으로 여유로워지는 것이 우리의 목표이다. 큰돈 들이지 않고 내 사업을 만들기 위해선 돈 대신 콘텐츠를 쌓아야 한다. 돈 대신 스토리를 만들어야 한다. 퍼스널 브랜딩은 선택이 아닌 필수이다.

　나에게 맞는 사업 아이템을 찾는 방법은 3장에서 자세히 다룰 예정이다. 부업부터 시작해 보려는 지금 시점에서 뭔가 아이템을 정해 봤자 어차피 99%는 결국 변경된 아이템으로 창업하게 될 것이다. 그러므로 일단은 어느 정도 포괄적으로 감만 잡으면서 가는 것으로 충분하다.

　어떤 콘텐츠로 내 브랜딩 블로그를 꾸밀까? 본인이 좋아하고 관심 있는 주제 두세 가지를 잡고 갈 것을 권한다. 사실 C-Rank라고 부르는 네이버 알고리즘상 딱 하나의 관심사만 다루는 블로그가 지수를 높이기엔 가장 유리하다. 그래서 이것에 목숨을 거는 마케터나 강사들 중에는 하나의 주제만 다루고, 심지어는 일상 글도 적지 말라고 하는 사람들도 있다. 하지만 나는 단순히 알고리즘에 최적화시키는 것도 좋지만, 자기자신을 찾아가는 과정도 필요하다고 생각한다. 아무리 돈 버는 게 목적이라지만, 블로그에 글을 쓰는 행위는 스스로의 내면의 소리에 귀 기울이는 철학적인 기능을 여전히 수행한다. 그래서 이 준비 단계에서는 알고리즘을 생각하지 말고, 심지어는 키워드도 신경쓰지 말고 가장 나 다운 글들로 자유롭게 블로그를 채워 보기를 권한다. 그러다 보면 차츰 감이 올 것이다.

어느 방향으로 특화한 퍼스널 브랜딩을 진행하는 게 좋을지 스스로 알 수 있을 것이다.

부업 수준의 브랜딩 블로그로도 해 볼 만한 일은 많다. 당신이 전문 강사로 경력 개발을 하고 싶은데, 아직 강의를 론칭할 정도의 수준이 못 된다면 같은 관심사를 공유하는 사람들을 모아 독서 모임을 만들 수도 있다. 당신이 파워포인트 자료 만드는 걸 잘한다면 이를 재능 기부 특강의 형태로 블로그에서 홍보해 볼 수도 있다. 그런 식으로 향후 사업화에 대비한 몸풀기를 해 보는 것이다. 또한 쌓아놓은 콘텐츠는 어디 가지 않는다. 당신의 전문성을 증명하며 항상 그 자리에 있을 것이고, 시간이 지나면 이를 변형, 각색한 새로운 콘텐츠로 다시 태어나기도 할 것이다.

개인적으로는 당신이 수익형 블로그, 브랜딩 블로그를 둘 다 해 보길 바란다. 방법은 크게 두 가지다.

첫 번째는 계정 두 개를 사용해서 블로그 두 개를 동시에 운영하는 방법이다. 수익형 블로그를 통해 즉각적인 수입을 만들고, 브랜딩 블로그를 통해 향후 내 사업에 도움될 만한 콘텐츠를 쌓는 것이다.

두 번째는 수익형과 브랜딩을 하나의 블로그에서 겸하는 방법이다. 예를 들어, 당신의 관심사가 등산이라면 등산가로서의 자신을 브랜딩하면서 틈틈이 등산용품이나 해당 지역 맛집에 대한 리뷰를 자연스레 녹인다거나 하는 방식으로 수익화가 가능하다.

첫 번째는 번거롭고 손이 많이 간다는 단점이 있고, 두 번째는 누구나 적용할 수 있는 방법이 아니라는 단점이 있다.

어쨌든 블로그는 즉각적인 부업 수입을 만들어 주는 것부터 향후 당신의 사업을 키워내는 본진의 기능까지 별의별 걸 다 해 줄 수 있는 플랫폼이다. 그러면서도 사용료는 0원이다. 해서 나쁠 게 하나도 없다. 일단 시작해서 하루 한두 시간 정도를 꾸준히 쏟아보라. 당장 겉으로 달라지는 건 아무것도 없겠지만, 당신은 온라인으로 돈 벌기라는 미지의 영역에 드디어 진입한 것이다.

● 블로그 운영 대행이라는 아이템이 있다. 특정 업체나 브랜드의 블로그를 아예 본인이 운영해 주고 그에 대한 수수료를 받는 방식이다. 글 한 편당 얼마씩 해서 받는 방식이 일반적이며, 해당 블로그를 통해 발생한 매출의 특정 퍼센테이지를 받는 경우도 있다. 타인의 매출을 올려 주고 그에 대한 대가를 지급받는 거라는 측면에서는 수익형 블로그이고, 나 자신의 브랜딩은 아니지만 타인을 브랜딩하며 해당 채널을 운영한다는 차원에서 보면 브랜딩 블로그이기도 하다. 그 업체의

전자책 팔아서 자동화 수입 만들기… 헛소리임!

디지털 노마드, 1인 기업가들의 필수 입문 코스로 널리 알려진 전자책에 대해 알아보겠다. 당신이 가진 지식이나 정보를 정식 출판책이 아니라 PDF 형태로 제작하여 온라인으로 판매하는 게 전자책이다. 크몽, 탈잉 등의 사이트에 가 보면 다양한 분야에서 수많은 전자책들이 팔리고 있는 걸 볼 수 있다. 모든 아이템이 다 나름의 장단점이 있고, 여태까진 장점 먼저 말하고 단점을 말하는 방식으로 설명했다면, 이번에는 신랄하게 까는 게 먼저가 돼야 할 것 같다. 전자책은 당신의 수입에 소소한 파이프 라인을 추가하는 정도의 의미다. 그 이상의 것을 바란다면 틀림없이 실망할 것이다.

전자책에 대한 착각

원가가 들지 않고 책처럼 방대한 내용을 담을 필요도 없이 핵심적인 정보만 간략하게 담아서 판매할 수 있다. 이게 잘 팔리기만 하면 당신이 자는 동안에도 돈이 들어오는 꿈의 자동화 수익을 만들 수 있고, 30~40페이지짜리 전자책 한 권을 한 일주일 정도 걸려서 쓰고 그걸 팔아 수익을 번 사람도 있다.

전자책 예찬론자들의 얘기다. 아예 틀린 말이라고는 할 수 없지만, 당신의 눈을 흐리는 궤변이요 말장난이다.

우선 원가가 들지 않는 건 맞다. 하지만 당신이 그 전자책을 작성하기 위해 소비하는 시간과 노력이 적지 않을 텐데, 무조건 돈이 안 들었으니 남는 장사라고 할 수 있을까?

그리고 이런 건 자동화 수익이 아니다. 자는 동안에 들어오는 돈이 뭐가 더 특별한가? 그럴 바에는 지금 당신이 회사로부터 받고 있는 월급은 공휴일이 많거나 설, 추석 연휴가 끼인 달에도 평월과 똑같이 나오는데, 이게 오히려 자동화 수익에 더 가까운 거 아닌가? 얼마나 벌 수 있느냐가 문제지 그 돈이 당신이 깨어 있을 때 들어오는지, 자고 있는 동안 들어오는지는 전혀 중요한 사항이 아니다. 손 하나 까딱 안 해도 돈이 저절로 벌리는 것만 같은 착각을 주기 위한 문구일 뿐이다.

전자책을 써서 잘 버는 사람은 잘 번다. 엄청난 노하우를 담았다고 소문이 나면, 그 PDF 파일 하나가 수십만 원에 팔리기도 한다. 전자책만으로 수익을 번 스타들이 분명 존재한다. 하지만 아예 한 권도 못 팔거나, 본인 인건비도 못 뽑을 정도로 소량만 판매하는 비율이 99% 이상이다. 전자책 시장이 치열한 좁은 문이라는 얘기 따위를 하려는 게 아니다. '전자책 쓰는 방법' 같은 강의를 들어서 해결될 거라 생각한다면 이 역시 오산이다.

전자책의 본질은 결국 내용물이다. 그 안에 담겨 있는 콘텐츠가 구매할 가치가 있는지만 보면 된다. 전자책은 콘텐츠를 담는 그릇일 뿐, 그 자체로 아이템이 아니다.

확실히 팔릴 만한 노하우나 정보를 가진 사람은 그걸 전자책으로 풀든, 강의나 컨설팅으로 풀든 어떻게든 수익화를 할 수 있다. 전자책 형태로 전달하는 게 가장 적당하다 판단되는 정보를 전자책 안에 담았을 뿐이다. 뒤집어 말하자면 그 정도 가치 있는 노하우나 정보를 갖지 못한 사람은 뭘 해도 안되는 것이다. 강의나 컨설팅으로 수익화할 자신은 없으면서도 전자책 붐에 편승해서 상품 가치가 없는 정보를 이쁘게 담고, 레이아웃 같은 거 엄청 신경 쓰고, 상세 페이지에 온갖 그럴 듯한 문구를 총동원해서 홍보해 봤자 유의미한 수익이 창출되는 경우는 거의 없다. 극강의 낚시질로 허접한 콘텐츠를 성공적으로 판매하는 경우도 있긴 하다. 거기에 당한 사람들이 그 저자의 다른 전자책을 구매할 리가 없다. 욕만 먹고 사라지는 원 히트 원더 신세가 된다.

나도 블로그나 해볼까? 나도 유튜브나 해볼까? 이런 느낌으로 '요즘 대세라는데 나도 전자책이나 써볼까?' 하며 이 바닥에 뛰어드는 사람들이 많다. 전혀 다르다. 블로그나 유튜브는 하다 보면 실력이 늘 수도 있고, 운이 좋아 뜨는 경우도 분명히 있다. 하지만 전자책은 그런 거 없다. 이미 쓰기 전부터 결과가 어느 정도 나와 있다. 당신이 보유한 정보나 노하우가 별 볼일 없다면 전자책을 쓸 게 아니라 실력을 기르는 게 우선이다.

심지어는 기존의 전자책 판매로 성공을 맛본 사람조차 그 성공이 지속되리라 기대하기 힘들다. 많은 사람들이 기꺼이 지갑을 열게 할 정도로 엄청난 가치를 지닌 정보나 노하우가 무한정 쌓여 있을 리 없다. 콘텐츠는 고갈된다. 전혀 새로운 영역의 새로운 내용을 꾸준히 발굴하여 계속 신간을 발간하는 사람도 있긴 하다. 하지만 이 정도면 분야만 출판책이 아니라 전자책이지 전문 작가라고 봐야 한다. 1만 원짜리 전자책 1,000권을 팔면 천만 원이다. (실제로는 플랫폼 수수료를 제해야 하겠지만) 이 정도면 대박이라 할 만하다. 천만 원은 절대 적은 돈이 아니지만, 이걸 사업 아이템으로 삼을 만한 금액은 아니다. 여기서 단발성으로 끝나거나, 아니면 전문 작가처럼 계속 팔릴 만한 콘텐츠를 발굴하거나 하는 두 갈래 길이 생긴다.

당신에게 확실히 팔릴 만한 콘텐츠가 있다면 전자책은 분명히 그 콘텐츠를 효과적으로 판매할 수 있는 좋은 수단이다. 하지만 그런 게 없이 시도한다면 돈은 안 될 것이다. 글쓰기 연습 정도의 의미는 있을 것 같기도 하다.

전자책의 진실

세간의 오해를 바로잡고자 강하게 비판하긴 했지만, 사실 전자책은 죄가 없다. 오히려 고급 정보를 다수에게 손쉽게 전달할 수 있는 유용한 수단이라 봐야 한다. 블로그나 유튜브에 다 담을 수 없는 심도 깊은 지식이나 정보가 있는데, 그걸 굳이 종이책으로 펴내기엔 제약이 많다면 전자책으로 만들어 온라인으로 뿌리는 게 가장 적절할 것이다.

워드나 PPT 파일을 PDF로 변환하기만 하면 그게 전자책이다. 실패 시의 리스크가 없고, 재고가 발생할 일도 없다. 배송이나 포장으로부터 자유롭고, 언제든 수정이나 업데이트가 가능하다. 안 할 이유가 없다. 물론 당신이 세상에 팔릴 만한 콘텐츠를 갖고 있다면 말이다.

지금은 부업거리를 둘러보고 있지만, 당신은 머지않아 자신의 사업을 하게 될 것이다. 그걸 목표로 하고 있다면 전자책을 팔아서 돈을 벌겠다는 생각은 아예 버리는 편이 낫다. 하지만 향후 당신의 사업을 만들기 위한 준비 과정에서 당신의 노하우를 집대성해서 문서화하는 작업은 반드시 해야 한다. 그중에 팔릴 만한 게 있으면 PDF로 변환해서 크몽에 등록하면 되는 것이다. 설령 기대만큼 팔리지 않는다 하더라도 실망할 이유가 하나도 없다. 어차피 당신이 정리하고 집대성한 그 정보들은 단지 전자책 판매용이 아니니까.

나중에 당신의 사업을 일으킬 밑천이니까.

오히려 진짜 가치가 큰 정보라면, 이걸 전자책 시장에서 소진시켜 버리는 게 전략적으로 옳은 일인지를 재고해 봐야 한다. 사업에 대한 큰 그림을 그릴 수 있는 사람이라면, 그 정보를 이용해서 자신의 사업을 더 키울 방법을 찾을 수 있을 것이다.

혹은 그 정도 엄청난 정보는 아니지만, 충분히 궁금해할 만한 사람이 많을 것 같은 정보라면 어떨까? 이 역시 전자책 판매보다 더 좋은 활용 방법이 있다.

그리고 설령 크몽 같은 플랫폼에서 전자책을 판매한다 하더라도 그 전자책 판매 수익만을 기대하는 게 아니라 더 큰 그림을 그리는 방법이 있다. 지식 기업을 운영하는 고수들은 무슨 얘긴지 금세 알아들을 것이다.

3장에서 이에 대한 더 자세한 얘기를 할 예정이다.

프리랜서로 나의 영역 확보하기

당신이 가진 역량을 필요로 하는 사람이 어딘가에는 있다. 다시 말해 당신은 자신이 가진 재능을 세상에 팔 수 있다. 가르쳐 주는 형태일 수도 있고, 아예 대행해 주는 형태일 수도 있다. 전문 프리랜서들만의 세계라고 생각했던 곳에 지금 바로 뛰어들어 보자! 경쟁력은 차차 갖춰나가면 된다.

가장 유명한 재능마켓 사이트인 크몽(www.kmong.com)을 예를 들어서 설명해 보겠다.

직장에서 업무 보는 과정 중에 이 사이트의 도움을 받아본 경험자도 꽤 있을 것이다. 디자인, IT/프로그래밍, 영상/사진/음향, 마케팅, 번역/통역, 문서/글쓰기, 비즈니스컨설팅, 취업/투잡, 운세/상담, 레슨/실무교육, 주문제작 등 프리랜서가 제공할 수 있는 거의 모든 재능들이 모여 있다고 봐도 과언이 아니다. 이 중에 당신도 고객이 아니라 판매자 자격으로 참여할 수 있는 영역이 분명히 있을 것이다.

어느 정도 경력이 쌓이지 않으면 일감도 안 들어오는 것 같고, 심지어 최근에는 이 사이트에 개인 프리랜서가 아닌 기업들도 많이들 입주하는 분위기라 '여기서 내가 할 수 있는 게 있을까?' 하는 걱정부터 들 수도 있다. 이해한다. 하지만 발상을 바꿔보기 바란다. 누구나 시작은 있다. 그리고 뻔뻔하게 일단 들이대는 태도가 성공적인 시작을 만든다. 나중에 자기 사업을 하기 위해서라도 이러한 뻔뻔하게 시도하는 습관은 길러둘 필요가 있다.

당신이 통상적인 사무직 일만 해왔고 특별한 기술을 갖지 못했다고 가정하고 크몽에서 먹거리를 한 번 찾아보도록 하겠다. 전체 카테고리를 샅샅이 훑어보자.

제일 위에 나오는 '디자인' 카테고리의 소분류인 '로고, 브랜딩'

같은 경우 당신이 디자인 전공도 아니고, 그 분야 업무를 전혀 해 본 적이 없다 하더라도 간단한 툴 사용법 정도만 익히고 나면 얼마든지 도전해 볼 수 있는 분야다. 그 외에도 유튜브 등의 썸네일 제작, 홈페이지형 블로그 디자인, 카드뉴스 제작 등 기본 툴을 사용할 수 있고, 약간의 감각만 있으면 별다른 진입장벽 없이 시도해 볼 만한 아이템이 많다. 직장인이라면 대부분 어느 정도는 다룰 줄 아는 PPT 역시 디자인 카테고리의 터줏대감이다. 템플릿을 판매할 수도 있고, PPT 제작을 대행해 줄 수도 있다.

'영상촬영/편집' 카테고리는 영상 관련 전문가들만의 영역 같겠지만, '영상 자막' 정도면 어떨까? 누구나 하루면 배울 수 있는 기술이다. 경쟁자도 많고 단가도 싸지만, 그만큼 누구나 진입할 수 있다는 뜻이다.

'마케팅' 카테고리는 과장 좀 섞어서 물 반 고기 반이다. 특히 앞에서 설명한 블로그에 대한 이해가 어느 정도 돼 있다면 '블로그 관리 대행'은 꼭 한 번 시도해 볼 만하다. 의뢰받은 업체의 블로그를 당신이 글도 올리고 고객 응대도 하면서 키워주는 일이다. 상위 노출 정도에 따라 보수를 받을 수도 있고, 글 한 편당 얼마의 보수를 받기도 하며, 해당 블로그를 통해 발생한 매출의 일정 퍼센테이지를 받는 경우도 있다. '블로그 활성화' 카테고리에서는 서로이웃 추가나 좋아요 눌러주기 같은 단순 작업(물론 알고리즘에 대한 기본 이해는 있어야 함)도 아이템이 된다. 전문 업체나 마케팅 회사를 통해 주어지는 일거리를 받는 경우가 많은데, 이 경우는 그 업체가 크몽에서 고객을 유치하고 그 고객을 위한 일감을 개인에게 뿌려주는 방식이다. 체험단, 기자단, 리뷰 등의 상품들은 대부분 이러한 방식이라 개인이 뚫기는 쉽지 않다. 그 외에 최적화 노출 관련된 것들은 전문 퍼포먼스 마케터들의 영역이기도 하고, 어뷰저들의 놀이터이기도 하니 당신은 진입할 수도 없거니와 고객 입장이 되어 당하는 일도 없길 바란다.

SNS마케팅 카테고리에서도 인스타그램이나 페이스북 같은 채널 운영 자체를 대행해 주거나, 해당 채널에 포스팅을 제공하는 상품들이 있다. 당신이 SNS 채널 관리를 평소에 하고 있거나, 기본기 정도만 배웠다면 얼마든지 진입할 수 있는 일이다.

'마케팅' 카테고리 안에서 소항목 '개인 인플루언서'를 열어 보면 블로거는 자신의 블로그에 글을 작성하는 방식으로, 인스타그래머는 자신의 인스타그램 포스팅을 통해 고객의 업체를 홍보해 주겠다고 한다. 유튜버들도 적극적으로 자신의 채널을 통한 홍보 유치를 하고 있다. 이 영역은 그 개인이 얼마나 영향력이 크냐에 따라 가격도 천차만별이다. 블로그, 인스타그램, 유튜브 같은 채널 하나만 잘 키워놔도 이런 식의 수익 모델을 만들 수 있다는 걸 알 수 있다. 이 중에서 직장 생활만 열심히 해온 당신이 도전해 볼 만한 분야는 확실히 블로그일 것이다. 블로그는 이전 장에도 등장했지만, 본격적인 사업화를 논하는 3장에서 또 등장할 예정이다. 어떤 목적 하에 어떤 전략으로 해도 좋으니 일단 블로그는 반드시 시작하길 다시 한 번 권한다.

마케팅 카테고리를 다 둘러봐도 당장 할 수 있는 일을 찾지 못했는가? 괜찮다. 아직 카테고리는 많이 남아 있다.

외국어 능력이 있다면 '번역/통역' 카테고리에 진입하기는 어렵지 않을 것이다. 악기 연주 능력이 있거나, 춤이나 미술을 가르칠 수 있다면 '취미/라이프' 섹션에서 먹거리를 찾을 수 있다.

그런 특별한 기술이 하나도 없는가? 그래도 직장에서 글은 좀 써 보지 않았는가? 그렇다면 '문서/글쓰기' 카테고리에 들어가 보자. 카피라이팅이나 작명 같은 건 당신도 시도해 볼 만하다. 단순 원고 작성도 하나의 아이템이다. 과제 대신 해 주기, 초대장 글 써 주기, 보고서 작성해 주기 같은 것들 말이다. 당신에게 기본 문장력이 있고 맞춤법을 잘 아는 편이라면 교정, 교열, 윤문 같은 서비스를 할 수도 있다.

여기까지 다 읽어봐도 도저히 당신이 시도해 볼 만한 아이템이 안 보이는가? 그럼 최후의 수단이다. '운세/상담' 카테고리로 넘어가 보자. 사주, 타로 같이 당신과 상관없어 보이는 섹션들이 먼저 눈에 띌 것이다. 사실 이런 것들도 마음만 먹으면 단기간에 배워서 당신의 아이템으로 삼을 수 있지만, 강요할 생각은 없다. 아래쪽을 보라. 연애상담, 여행/생활, 기타 이런 섹션들을 한 번 구경해 보라. 그냥 이야기를 들어주는 서비스, 인생 상담, 중고차 거래법, 맛집 찾는 법, 제주도민이 추천하는 여행 일정 소개, 모닝콜 해 주기, 신혼여행 준비하는 법…. 어떤가? 당신이 할 수 있고 누군가에게 도움이 될 만한 모든 것이 다 상품이 될 수 있다. 이래도 뛰어들 만한 분야를 못 찾겠다고 투덜거리고만 있을 텐가?

이 모든 재능, 지식, 노하우를 전자책이나 인터넷 강의 상품으로 만들어 팔 수도 있다. 고객의 필요에 따라 1대1 상담이나 컨설팅도 가능하다. '레슨/실무교육' 카테고리에서 얼마나 다양한 지식이나 노하우들이 팔리고 있는지를 확인할 수 있다. '취업/투잡' 카테고리 중 '전자책/노하우' 파트를 탐색하다 보면 처음엔 분명 시장 조사 차원이었는데, 거기에 있는 전자책이나 강의, 컨설팅 중에 틀림없이 사고 싶어지는 게 다수 있을 것이다. 정상이다. 거기는 다들 고객인 동시에 판매자가 되기도 하는 바닥이다. 단기간에 당신의 역량을 끌어올릴 수 있는 정보나 노하우라는 생각이 들면 한 번 구매해서 공부해 보시기 바란다. 사실 기대에 못 미치는 경우가 많긴 하다. 그럴 때는 자신이 왜 이런 상품에 끌려서 결제까지 하게 되었는지, 어떤 카피라이팅에 반응했고, 어떻게 낚였는지를 벤치마킹 차원에서 공부하면 된다.

경쟁자들이 너무 쟁쟁한가? 경쟁자들보다 더 싸게 팔면 된다. 그래도 아무도 상담 요청을 안 해 온다면? 무슨 상관인가? 당신이 손해 본 건 아무것도 없다. 당신의 포트폴리오가 너무 부족해서 크몽에서 승인을 안 해 줄 수도 있다. 역시 괜찮다. 크몽과 유사한 사이트는 얼마든지 있다. 해당 사이트의 인지도가 떨어질수록 입점하기는 더 쉬워진다.

탈잉, 오투잡, 숨고 등의 사이트들을 찾아 들어가서 크몽에서 했던 방식으로 각 카테고리를 찬찬히 살펴보라. 직장 생활만 했던 당신이라도 당장 할 수 있는 일, 그리고 짧은 시간의 수련만 거치면 할 수 있는 일이 잔뜩 있을 것이다. 누구나 뭐라도 할 수는 있다. 오히려 그 일이 당신이 추구하는 퇴사 후 자기 사업을 만드는 과업에 보탬이 될 수 있는지를 잘 판단하고 가려서 일을 해야 할 것이다. 부업은 퇴사 후 내 사업을 하기 위한 과정일 뿐, 그게 목적이 되면 안 되니까.

강의, 레슨, 컨설팅에 도전해 보자!

앞 장에서 평범한 직장인인 우리도 프리랜서가 될 수 있음을 확인했다. 그렇다면 한 발 더 나가보자. 진짜 전문가의 영역이라 생각하고 당신이 그동안 관심도 가진 적이 없었던 그 분야에 깃발을 꽂아보자. 이번엔 강의, 컨설팅이다!

당신이 가진 지식이나 노하우, 기술, 특기, 취미, 관심사, 가치관 같은 게 다 아이템이 된다. 기존의 저명한 강사나 컨설턴트들과 경쟁이 안 될 것 같고, 누가 나 같은 사람의 강의를 돈 내고 들을지 의문이 들 수도 있다. 걱정할 것 없다. 지식창업 바닥에서 너무나 유명한 말이 있다.

왕초보를 가르치는 초보가 돼라!

고수들은 고수들의 영역에서 놀게 놔두면 된다. 우리는 우리가 할 수 있고, 우리만이 할 수 있는 영역을 장악한다. 골프를 처음 배우는 사람이 박세리에게 배우는 걸 선호할까? 아니면 소위 백돌이를 확실히 탈출시켜 준다는 골프 좀 치는 아마추어에게 배우는 걸 선호할까? 자취 중인 당신이 요리를 좀 배우고 싶다면 저명한 셰프에게 배우고 싶을까? 아니면 김치찌개 하나는 기가 막히게 끓이는 어머니께 배우고 싶을까? 이렇듯 평균적인 세상 사람들보다 뭔가 약간 더 뛰어난 재능만 있다면, 그 모든 재능은 상품화가 가능하다. 그리고 당신은 그런 재능을 틀림없이 몇 가지는 가지고 있을 것이다. 오히려 일상에 너무 매몰되다 보니 그 재능이 재능인 줄 스스로는 모르는 상태인 경우가 많다.

만약 당신이 회사에서 외국인 바이어를 응대하는 수준이면 영어 강의나 레슨을 얼마든지 개설할 수 있다. 타로 카드에 관심을 가졌다면 타로점을 봐 주거나 타로 자체를 가르치는 과정을 만들면 된다. 한 달이면 충분히 남을 가르칠 수 있는 수준으로 배우고도 남는다. 보고서 작성을 잘한다면 이 역시 많은 사람들이 원하는 재능이다. 직장에서 팀장을 맡고 있는가? 초보 팀장을 위한 팀원 관리 노하우 같은 걸 팔 수 있다. 부동산 경매를 해본 경험이 있다면 왕초보 경매 입문 클래스를 개설해 보라. 이직 경험이 많다면 이직 노하우를 강의할 수 있고, 한 회사를 오래 다녔다면 직장에서 오래 버티는 직장인 멘탈 코칭 같은 걸 할 수도 있다. 문서 작업할 때 엑셀 함수 쓸 줄 아는 정도면 엑셀 강의 얼마든지 할 수 있다. 파워포인트 강의가 얼마나 인기 많은지는 앞 장에서도 설명했다. 직장에서 주로 하는 업무가 상담 쪽이면 상담 기술을 상품화할 수 있고, 개발 쪽이면 개발 관련, 마케팅 쪽이면 마케팅 관련 상품을 만들 수 있다. 이도 저도 잘하는 게 없고 월급 도둑질만 하고 있는가? 티 안 나게 직장에서 자기계발 하는 방법 같은 노하우를 파는 건 어떤가?

당신의 지식 상품을 입점시킬 만한 사이트를 알아보자. 일일이 들어가서 다른 사람들은 어떤 걸 팔고 있는지 연구하며 벤치마킹도 해보기 바란다.

현 시점에서 가장 유명한 사이트는 '클래스101'이다. 무척 다양한 분야를 망라하고 있고, 그 중에서도 창업, 비즈니스 쪽에 이름난 강사들이 다수 포진되어 있다. 화려한 포트폴리오를 자랑하는 그들 틈에 당신이 낄 수 없을 것 같아 기죽지 말 것. 많은 사람들이 궁금해할 만한 주제만 잘 잡으면 된다. 어차피 수요조사 과정을 거쳐서 강의를 개설해 주기 때문에 웬만해선 입구컷 당할 일은 없다. 배우고 싶어 하는 수요가 많다는 것만 확인되면 강의 개설은 문제없이 된다. 결국 당신이 가진 콘텐츠에 달린 것이다. 일단 클래스101에 강의가 개설되기만 하면 당신도 그 사이트에서 보게 되는 여러 유명 강사들과 동일선상에서 대접받게 된다. 국내 최대 강의 사이트인 만큼 거기서 얼굴을 비춘다는 것만으로도 훌륭한 포트폴리오가 생긴 것이다.

클래스101을 뚫지 못했거나, 수수료가 너무 세다고 느끼거나, 당신 강의의 저작권까지 그들이 가져가는 것이 마음에 들지 않거나 하는 이유로 대안을 찾아봐야 할 수도 있다. 대안은 그냥 있는 정도가 아니라 무지막지하게 많다.

탈잉, 패스트캠퍼스, 클래스유, 콜로소, 베어유, 에어클래스 등이 있고, 이 순간에도 우후죽순처럼 새로운 강의 플랫폼이 생겨나는 중이다. 규모가 작은 신생 사이트일수록 웬만하면 심사해서 거절하는 법이 없다. 클래스101 같은 경우 이미 충분한 콘텐츠가 쌓였기 때문에 이젠 선별을 통한 수질 관리도 좀 해야 하는 상황으로 보이지만, 신생 사이트들은 일단 콘텐츠를 채우는 게 급선무이기 때문이다. 이처럼 강의, 컨설팅은 지금껏 소개해 왔던 다른 아이템들에 비해 훨씬 더 폼이 나는데, 진입하기는 가장 쉬운 수준이다. 이걸 안 할 이유가 있는지 반문하고 싶을 지경이다.

　그래도 시작을 망설인다면 당신만의 상품, 다시 말해서 강의나 컨설팅할 만한 거리를 찾지 못했기 때문일 것이다. 억지로 뭔가 아이템을 떠올려 봤지만, '이런 게 과연 팔릴까?' 하는 의심을 걷어내지 못해서일 수도 있다.

　그럴 때는 작게 시작해 보면 된다. '온오프믹스' 같은 사이트에 무료 강좌를 개설해 보라. 신청자들을 통해 반응을 체크하고, 보완점도 찾고, 후기도 만들 수 있다. 독서모임 같은 걸 만들어서 당신과 뜻을 함께하는 사람들을 먼저 모으는 것도 좋다. 강사나 멘토가 되어야 한다는 부담 없이 생각한 바를 풀어낼 수 있다.

　작게 시작하기 딱 좋은 의외의 플랫폼을 하나 소개한다. 그건 바로 '당근마켓'이다. 지역 기반 어플이라 당신의 재능을 필요로 하는 사람과 쉽게 매칭 가능하다. 이미 당근마켓에서 과외나 레슨을 구하는 사람들이 은근히 많다. 당신이 거기에 강의나 컨설팅을 올린다면 나름 독보적인 상품이 되어 주목받을 것이다.

　가장 어렵게만 느껴지는 영역이 알고 보니 가장 진입하기 쉬운 영역이었다. 당신도 이곳에 반드시 자신의 영역을 만들기 바란다. 당장의 큰 수익을 바라기보단 특정 분야의 멘토가 되기 위한 준비 운동 정도로 생각하면 적당하다. 이 작은 도전이 훗날 당신이 성공한 사업가가 되는 초석이 될 것이다.

기타 도전해 볼 만한 부업들

지금까지 언급한 부업 아이템들은 그게 얼마나 큰 수익을 얻을 수 있는지의 기준으로 소개한 게 아니다. 향후 직장을 탈출하고 당신의 사업을 만들 때, 직간접적인 도움이 될 만한 역량과 경험을 쌓게 하는 게 목적이었다. 본인의 역량과 경험만 잘 개발되어 있으면 무자본이나 소자본으로 리스크 없는 창업을 얼마든지 할 수 있는 세상이다. 사람들에게 당신을 알리고, 당신의 역량과 경험을 통해 그들을 도울 수 있다는 걸 증명해 내기만 하면 된다. 그게 안되는 사람들이 창업을 하고 싶다면 큰 자본을 투여해서 치킨집을 차리거나 하는 수밖에 없을 것이다.

그런데 사실 이 책에서 하나의 흐름으로 설명했던 지식창업 류의 방향만을 정답이라 할 수는 없다. 직장 탈출은 시대의 과제임을 확신한다. 하지만 직장 탈출을 위한 당신에게 맞는 아이템이나 방법론은 다른 사람이 가르쳐줄 수 있는 게 아니다. 타인은 결국 자신의 경험 안에서 조언을 해줄 수 있을 뿐, 그게 당신과 완벽히 부합되리라는 보장은 없다. 그런 차원에서 이번 장에서는 이전의 흐름과는 조금 다른 물줄기의 부업들을 소개해 보고자 한다. 월급 외의 수입을 얻어보는 경험 그 자체가 가장 중요한 법이니.

온라인 판매

1장에서 스마트스토어를 시도해 보려 하다가 포기했던 경험을 소개한 바 있다. 그런데 그건 스마트스토어라는 아이템이 잘못되었기 때문이 아니라 나와 너무나 안 맞다는 판단 때문이었다. 많은 사람들이 스마트스토어를 비롯한 여러 종류의 온라인 판매를 통해 월급 외 수익을 만들고 있으며, 이를 본업으로 발전시킨 사람들도 무수히 많다. 그런 경우 적극적인 사입을 통해 고정 거래처를 만들고 마진을 높인다. 해외 구매 대행, 역직구 등 국제적인 사업으로 발전시키기도 한다

당신에게 추천하고 싶은 건 여전히 '스마트스토어'다. 생산자와 고객을 연결하는 온라인 중간상인 역할이라 상품을 직접 받을 필요도 없고, 말 그대로 무자본 창업이 가능한 분야다. 물론 그만큼 마진이 박하고 경쟁도 치열하다는 건 감안해야 한다. 그러나 위험 부담 없이 작게 시작해야 한다는 측면에서 볼 때 가장 적당하다. 목표도 월 50~100만 원 정도 버는 걸로 잡고 시작하면 적당할 듯싶다. 일단 해보고 자신에게 적합한 일이라는 생각이 들면 마진을 더 붙일 수 있는 방법을 강구하며 본격적인 사업화를 하면 된다.

다만 이쪽 세계는 온라인 세상에 자신의 전문성을 알려 나가는 지금까지의 방법론과는 궤가 다르다. 좋은 물건을 찾아내고, 그걸 좋은 가격에 확보하고, 공급처와 좋은 관계를 유지하고, 소비자에게 효과적으로 알리고, 사후 서비스까지 제공하는 일련의 흐름은

온라인, 오프라인을 구분할 필요도 없이 명백하게 '장사'의 영역이다. 즉, 장사 잘하는 재능을 가진 사람이라면 온라인 판매로도 좋은 성과를 올릴 수 있을 것이다. 남이 만든 물건을 잘 파는 재능으로 만드는 사업이기 때문에, 이 경우 전술했던 퍼스널 브랜딩은 딱히 중요하지 않다.

물론 예외는 있다. 온라인 판매와 관련한 경험과 지식이 쌓이면 이 역시 전자책에 담거나, 강의나 컨설팅으로 판매하는 지식상품이 될 수 있다. 실제로 온라인 판매 관련 스타 강사나 컨설턴트가 무척 많다. 그들은 아이템을 판매로 시작해서 판매하는 방법을 가르치는 걸로 바꾼 셈이다. 그 누구보다도 퍼스널 브랜딩이 중요하게 된다.

유튜브

한국인이 가장 많이 사용하는 어플리케이션 1위는 카카오톡이다. 누구나 예상 가능할 것이다. 요즘 우리는 카카오톡 없이 하루를 보내는 걸 상상도 하기 힘들다. 그렇다면 2위는? 유튜브다. 1위와 큰 차이가 나지 않는 2위다. 이는 실로 엄청난 것이다. 지구상에서 가장 많은 트래픽이 발생하는 플랫폼인데, 이걸 본인의 사업에 적용하지 않으면 말도 안 되는 시대가 왔다.

그래서 나 역시 유튜브를 시도해 봤던 거고 시행착오도 겪었던 거다. 지금은 대형 채널의 대본을 작성해 주고 있고, 여러 채널들을 컨설팅하고 있으니 격세지감이다. 개인 채널도 조만간 다시 시작해

볼 예정이다.

하지만 지금 당신에게 부업으로 유튜브를 해보라고 권유하고 싶진 않다. 일단 시간 투자를 많이 해야 한다. 채널을 기획하고, 영상을 찍고, 편집까지 해서 업로드하는 일련의 과정은 회사 다니면서 짬짬이 하기에는 시간적인 부담이 클 것이다. 그리고 그보다 더 중요한 이유가 있다. 수익화의 어려움 때문이다. 유튜브 광고 수입으로 유의미한 성과를 달성하는 경우는 극히 드물다. 게다가 배운 대로만 하면 누구나 일정 수준의 수익은 올릴 수 있는 그런 성격의 채널이 아니다. 생각지도 못하게 잭팟이 터지는 경우도 종종 있지만, 그 반대로 뭘 해도 안되는 경우가 훨씬 더 많은 게 엄연한 현실이다.

그럼 유튜브는 아예 관심 꺼버리는 편이 나을까? 그건 절대 아니다. 당신의 사업을 구축하는 과정에서 반드시 정복해야 하는 플랫폼이 유튜브다. 3장에서 자세히 설명하겠다.

인스타그램

이미 재미 삼아 하고 있는 사람도 많고, 별 관심 가져보지 않은 사람도 많을 것이다. 하지만 향후 당신의 사업을 만들어가는 과정에서 잘 키워놓은 SNS 채널이 있으면 틀림없이 큰 도움이 된다. 현시점에서 SNS 중 가장 잘 나가는, 다시 말해 범용성이 돋보이는 플랫폼은 예전엔 페이스북이었고 지금은 단연 인스타그램이다. 팔로워만 많아도 그게 당신의 이력서가 되고, 그로 인해 수익화의 길이 열리기도 한다.

엄밀히 당장 수익을 만들기 위한 부업 아이템으로 적절치는 않다. 하지만 당신이 어떤 부업을 하든 일단 지금 시점에서 인스타그램 채널 하나는 꼭 개설해서 틈틈이 키워 보기를 바란다. 향후 본격적인 사업화 단계에서 지금 키워 놓은 인스타그램이 틀림없이 큰 몫을 해줄 것이다. 강의 같은 걸 수강하면서 수익을 내는 사람들을 따라해 보는 것도 괜찮다. 하지만 지금 단계에서는 하루 중 짧은 시간을 내어 사부작사부작 진정성 있는 소통만 해도 충분하다.

크라우드 펀딩

아이디어는 있지만 이를 실행에 옮길 자금이 없는 개인이 불특정 다수에게 프로젝트의 취지를 알리고, 이에 공감하는 사람들에게 후원을 받아 프로젝트를 진행하는 걸 크라우드 펀딩(Crowd Funding)이라고 한다. 크라우드 펀딩 자체를 부업 아이템으로 생각하기보단 이러한 방식으로 부업이나 사업을 할 수 있다는 차원에서 이해하기 바란다. 우리가 어떤 아이디어를 실현하기 위해 검증 없이 큰돈과 시간을 들이는 건 위험성이 따르기 마련인데, 크라우드 펀딩은 사람들의 반응을 통해 시장성을 미리 확인해 볼 수 있어서 실패의 리스크를 최소화할 수 있다. 또한 펀딩 기간 중 후원자들의 피드백을 통해 제품이나 서비스를 개선, 발전시킬 수 있다.

굳이 제품이 아니어도 된다. 앞서 설명했던 PDF 전자책이나 강의 같은 상품도 크라우드 펀딩을 통해 미리 수요 조사를 해보고 진행할 수 있다.

대표적인 사이트는 와디즈와 텀블벅이 있다. 대체로 와디즈는 남성 취향, 텀블벅은 여성 취향의 상품들이 많은 편이다.

아이디어스

당신이 금손이라면 수공예품을 만들어 팔 수 있다. 예전에는 핸드메이드 제품을 만들어 내는 재주가 있어도 마땅한 판로가 없어 자기 만족에 그치는 경우가 많았다면, 지금은 '아이디어스' 같은 플랫폼에 입점해서 수공예 작가 대접을 받으며 고수익을 올릴 수 있다. 따라서 입점하는 것 자체가 관건이 되며 경쟁도 무척 치열하다. 분야는 손으로 만드는 모든 것을 망라한다고 봐도 무방하다. 액세서리나 가방 같은 물품부터 직접 만드는 먹거리, 농산물, 술, 전등, 케이크토퍼 등이 활발히 판매되고 있으며, 당신이 새로운 영역을 개척해 보는 것도 좋을 것이다.

수공예품의 특성상 언어가 크게 문제되지 않으므로 해외 수공예품 플랫폼으로 시야를 넓혀 보는 것도 좋은 전략이다. 엣시(Etsy), 러브크래프트(LoveCraft), 핀코이(Pinkoi) 등의 사이트를 찾아 들어가서 탐색해 보자. 여러 플랫폼에 발을 걸쳐 놓다 보면 집에서 나 홀로 하는 작업이 범 세계적인 사업으로 발전할 수도 있다.

이모티콘

당신이 어느 정도의 그림 실력과 포토샵, 일러스트 같은 툴 활용 능력이 있다면 이모티콘 만들기도 부업이 될 수 있다. 카카오톡이나 네이버에 이모티콘을 등록해서 해당 이모티콘을 구입해서 사용하는 사람들로부터 수수료를 받는 방식이다. 일단 등록만 되면 최소 몇백만 원에서 억단위의 수익도 얻을 수 있다. 관건은 등록하기 위해선 심사를 통과해야 하고, 그 경쟁률이 매우 높다는 것이다. 하지만 일단 한 번 승인을 받고 나면 시리즈물 같은 걸 출시할 때 상대적으로 승인이 쉽게 나는 편이다. 그리고 승인이 났다 하더라도 상품으로 출시되기까지 1~3개월이 추가로 소요된다. 그래서 당장 수입이 필요한 경우라면 적합하지 않을 수도 있다.

스톡사진, 스톡영상

당신이 블로그나 유튜브 콘텐츠를 제작하다 보면 이미지나 영상을 다운 받거나 캡처할 일이 수시로 발생한다. 이때 저작권을 아예 무시하겠다고 작정한 경우가 아니라면 특정 사이트에서 제공되는 이미지나 영상을 무료 혹은 유료로 구매해서 사용하게 마련이다. 만약 당신이 사진 찍기나 영상 촬영을 즐겨 한다면 그 결과물을 당신도 돈 받고 팔 수 있는 것이다.

사진의 경우 게티이미지, 영상의 경우 셔터스톡이 가장 유명하며, 그 외에도 아이스톡포토, AdobeStock, Pond5, Blackbox 등의 플랫폼이 있다. 이 사이트들의 공통점은 해외 플랫폼이란 것. 국내에도 비슷한 사이트들이 있으나 시장이 아직 작아서 수익이 거의 나지 않는 실정이다. 그리고 사진이나 영상은 언어와 무관한 영역인지라 당연히 해외 플랫폼을 공략해 보는 게 낫다.

아니나 다를까 이러한 플랫폼들 중 대부분은 심사를 통과해야 사진이나 영상을 올릴 수 있다. 하지만 심사 자체가 크게 까다롭지 않으며(DSLR 사진을 취미로 찍는 수준이면 웬만하면 통과 가능), 한 번 심사를 통과한 후에는 무제한으로 업로드가 가능하다. 해당 아이템을 단독으로 부업화하기보단 다른 부업을 하면서 자연스럽게 사진이나 영상을 찍을 일이 생기는 경우가 많을 테니, 밑져야 본전이라는 편안한 마인드로 병행해 보기를 추천한다.

직장 생활을 해 나가면서 자투리 시간을 확보하여 해볼 만한 부업들을 소개해 보았다. 명심해야 할 것은 부업을 하는 궁극적인 목적이 단순히 당장의 수입을 더 늘리는 게 아니라는 점이다. 취미생활도 끊고, 인간관계 악화를 감수하고, 잠까지 줄여가며 하는 일이 단순히 돈을 좀 더 벌기 위한 거라면 너무 서글프지 않은가!

우리는 회사를 탈출할 것이다. 내 사업체를 만들고 성장시켜 직장 시절과는 비교할 수 없는 큰돈을 벌 것이다. 그리고 이를 자동화시켜 시간적으로도 자유로운 삶을 쟁취할 것이다. 그렇게 멋진 미래를 만들기 위해 지금은 스스로를 가혹하게 몰아쳐야 한다.

3장

직장 탈출 2단계

무자본으로 창업하라!

퇴사를 축하합니다!

2장의 이야기들은 실전적이고 유용한 내용들이지만, 그럼에도 불구하고 실행하기가 너무나 어려울 것이다. 당연하다. 잠도 줄이고, 인간관계도 포기하고, 취미생활이나 여타 자신만의 시간을 갖는 걸 깨끗이 포기해야 실현 가능한 것들이니. 이 세상의 모든 꿈이라는 것들은 하나같이 다 일정한 기회비용을 요구하는 법이다. 직장인 입장에서 뭔가를 해본다는 건 시간 확보와의 전쟁이니 어쩔 수 없다. 그만한 가치가 있다고 판단했다면 기존의 즐거움들 중 일부는 반드시 버려야 한다. 다 버리면 제일 좋고.

이에 반해, 이번 장에서 알려드릴 내용들은 실행하기가 2장보다 훨씬 쉬울 것이다. 이 역시 당연하다. 당신은 드디어 퇴사를 했다. 이제 하루 열 시간 이상의 시간을 벌었다. 월급이 아니라 내 힘으로 돈을 벌어본 경험도 얻었고, 그 과정에서 본인의 무기도 꽤 만들어 놓았다. 자신감이 생겼고, 앞으로는 내가 원하는 일을 하며 살 거라는 희망에 부풀어 있을 것이다. 축하한다. 아직 큰돈을 벌지는 못했을지라도 당신은 이제 서행차선에서 내려와 부의 추월차선으로 옮겨 탔다.

하지만 마음 한 켠엔 두려움이 클 것이다. 직장이란 안전벨트를 스스로 풀고 나와서 가보지 않은 길을 향해 내딛는 첫 발걸음이 마냥 가볍고 상쾌할 리가 없다.

부업을 하는 직장인과 진짜 내 사업을 하는 사업가의 마인드는 완전히 달라야 한다. 이젠 더 이상 당신의 뒤를 봐 주는 사람이나 조직이 없다. 모든 관리를 스스로 해야 한다. 그중에서도 가장 중요한 것은 자기자신의 멘탈과 에너지를 관리하는 것이다. 직장인 시절에 그랬듯이 실패와 시행착오는 이 단계에서도 여지없이 찾아올 것이다. 그때의 좌절감이나 막막함은 직장인 시절보다 훨씬 더 클 것이다. 이 고비를 못 넘기고 무너지면 결국 이전보다 더 낮아진 자존감을 안고, 이렇게 비루한 나라도 받아줄 회사가 있을까 하는 생각으로 다시 취업문을 기웃거리게 될 것이다. 절대 그런 일이 안 생기도록 마음을 단단히 먹기 바란다.

당신이 직장을 다니면서 갈고 닦은 무기들을 한번 꺼내어 보자. 이제부턴 본격적인 사업이다. 당신의 무기들이 실제 사업에 어떻게 쓰이는지 하나하나 알려드릴 것이다. 확실한 아이템을 정한 분이라면, 그 아이템을 어떤 식으로 풀어갈 것인지를 배울 수 있을 것이다. 그렇지 않은 분이라면 전체적으로 쭉 한 번 훑어보면서 모든 아이템에 일관되는 사업의 기본 법칙들을 탐색해 보자. 많은 영감들이 스쳐갈 것이며, 그 와중에 '이게 내 아이템이다'라는 확신이 들면서 유레카를 외치는 순간이 반드시 올 것이다.

부자 아빠는 부의 추월차선으로 달린다

주제 넘게도 사업가들의 커뮤니티에서 활동하며 그들에게 조언해 주는 역할을 맡고 있다.

"직장 다니는 게 너무 힘들고 지칩니다. 차라리 그만 두고 내 사업을 하는 게 역시 낫겠죠?"

"지금 하는 사업이 정체되어 있어 다른 아이템을 해보려 하는데 시간이 부족하네요. 기존 사업을 과감히 접고 새로운 아이템에 전력을 다해 봐야겠죠?"

나의 지나온 스토리를 아는 사람일수록 내가 은근히 자기 편을 들어주길 바라며 이렇게 물어보곤 한다. 하지만 나는 대체로 이런 분들에게 제동을 거는 편이다. 사업을 성공하고, 큰 돈을 버는 미래를 상상하는 건 즐거운 일이다. 그렇다고 당장의 먹고 사는 문제를 놓아버린 채 확실하지 않은 것에 승부를 거는 건 위험천만한 일이다.

독자들에게 내가 일관되게 주장하는 것은 회사를 그만 두고 나와서 자신의 사업을 하라는 것이다. 그렇지만 준비 없이 덜컥 벌인 사업이 당신에게 경제적 자유를 안겨줄 가능성은 극히 낮다. 그래서 2장에서 직장을 탈출하기 전에 부업부터 시작해 보라고 권유했던 것이고, 다양한 부업 방법을 소개했던 것이다.

만약 당신이 직장을 다니면서 자투리 시간을 내서 벌인 부업을 통해 월급 못지않은 돈을 버는 데 성공했다면, 직장 탈출 준비는 거진 다 갖춰졌다 봐도 된다. 그래도 이게 안정적, 지속적으로 유지된다는 보장이 없는데, 진짜 퇴사까지 해도 될지 망설여질 수도 있을 것이다.

그런데 사실은 그 정도만 돼도 엄청나게 훌륭한 것이다. 이 책에서 시킨 대로 부업을 통해서 수익을 만들어 보긴 했지만, 월급에는 턱없이 못 미치는 경우가 훨씬 많을 것이다. 괜찮다. 그것만 해도 잘하신 거다. 실제로 100명의 독자 중 부업을 위한 시간 확보라는 첫 단계조차 시도하지 못하거나 실패할 사람이 95명은 될 거라고 예상한다. 직장인이 잠을 줄이고, 일체의 개인 생활을 포기한 채 뭔가를 시도한다는 게 결코 쉬운 일이 아니기 때문이다.

그만큼 절실함으로 2장의 내용을 실천하신 분들께 언제 사표를 내면 되는지 확실한 기준을 드리고자 한다. 앞서 부업 소득이 급여

소득을 넘을 때쯤이라고 두리뭉실하게 언급했지만, 사실 진짜 직장을 그만 둘 수 있느냐의 여부는 벌어들인 돈의 액수와는 상관이 없다. 그렇다면 대체 언제 당신은 직장을 탈출하면 되는걸까?

당신만의 사업 모델이 만들어지고, 그 사업의 타겟이 명확하고, 공략 방법도 나와 있어서 자신감이 넘치는 상태일 때가 바로 그 타이밍이다.

긴가민가한 상태에서 확신 없이 퇴사하면 안 된다는 뜻이다. 강력한 확신을 갖고 시작한 사업도 막상 진행하다 보면 예측 못한 암초들을 만나게 마련인데, 애초에 '잘될까? 잘되면 좋겠는데.' 이런 기분으로 사업을 시작하면 안 된다.

이번 장에서는 당신이 어떤 사업을 만들 수 있을지를 함께 알아보려 한다. 평생 월급쟁이로 살아온 사람에겐 치킨집 창업조차 미지의 세계겠지만, 우리는 디지털 세상에 어울리는 뭔가를 벌여볼 생각이니 당연히 너무나 낯선 세계이다. 점포를 임대하고, 인테리어도 새로 하고, 물건을 잔뜩 사들이고, 종업원을 고용해서 하는 그런 창업이라면 누구나 하는 방식이니 접근하기는 더 쉽다. 하지만 그만큼 많은 자본이 필요하고, 실패 시의 리스크는 너무나 크다.

무자본 내지 소자본 창업이어야 하며, 1인 기업으로 출발해야 한다. 작게 시작해서 키워 나가야 한다. '그렇다면 처음부터 직장을 다니는 동안 부업이 아닌 창업 쪽으로 준비를 해도 되는 거 아닌가? 저자는 왜 굳이 부업부터 하라고 한 거지?' 하는 의문이 들 수 있다. 하지만 부업과 사업은 다른 개념이다. 단순히 스케일이 더 커지는 문제가 아니라 마인드 자체가 완전히 달라야 한다. 사업가의 마인드는 책 몇 권 읽는다고 저절로 장착되는 성질의 것이 아니다.

어차피 부업은 몸풀기였다. 직장 생활에 젖어 있어서 회사 밖 세상을 모르고 살던 당신의 시야를 넓히기 위함이었다. 그리고 향후 당신만의 사업을 만드는 데에도 반드시 쓰일 능력들을 익히고 무기를 만들게끔 하기 위함이었다. 그 과정을 충실히 이행하였다면, 당신의 사고의 폭은 직장만 생각하던 때와는 비교도 되지 않을 정도로 넓어졌을 것이다. 그러다 보니 자연스럽게 자신만의 사업 아이템이 떠오른 분도 분명 계실 것이고, 그 정도까진 아니더라도 회사가 세상의 전부는 아니란 사실 정도는 다들 확실히 깨달았을 것이다.

그래서 실은 당신이 부업으로 얼마를 벌었냐는 관심사가 아니다. 부업으로 수익이 커지면 그게 사업이 되는 게 아니라는 거다. 2장에서 소개한 부업들을 잘 운영하면 웬만한 급여 소득자보다 더 큰 수익을 올릴 수 있는 건 맞다. 하지만 그 수준에 머무른다면 결코 돌파할 수 없는 지점이 존재한다. 그건 바로 당신의 노동을 팔아 돈을 벌고, 시간을 팔아 돈을 번다는 점이다. 이걸 당연하다고 여겨선 안 된다.

당신 주변의 부자들을 보라. 노동을 팔고, 시간을 팔아 부자가 된 사람이 유명한 연예인이나 스포츠 스타 같은 예외적인 아웃라이어들 말고도 존재하던가? 당신의 노동을 사는 사람, 시간을 사는 그 사람이 바로 부자일 가능성이 높다. 뼈빠지게 일하는 당신보다 당신을 고용한 사장이 더 부자인 건 누구나 아는 사실이다. 의사나 변호사는 다 부자인가? 자기 병원이나 변호사 사무실을 개업하지 않은 채 페이닥터나 로펌 소속 변호사로 살아가는 사람들은 일반 직장인보단 벌이가 나을지 몰라도 결코 부자는 아니다. 병원장이나 로펌 대표 정도는 돼 줘야 돈과 시간으로부터 자유로운 진짜 부자라 할 수 있다.

엠제이 드마코의 〈부의 추월차선〉을 비롯한 많은 책에서 바로 그 지점을 지적한다.

서행차선 여행자는 고용된다.
추월차선 여행자는 고용한다.
서행차선 여행자는 시간을 팔아 돈을 번다.
추월차선 여행자는 돈을 주고 시간을 산다.

로버트 기요사키의 〈부자 아빠, 가난한 아빠〉에서는 이렇게 표현한다.

내가 없어도 되는 사업만이 진짜 자산이다. 내가 직접 거기서 일이 유명한 두 책의 논지는 거의 비슷하다. 자기 사업을 해야 한다. 평생 다른 사람을 위해 일하는 사람들은 결국에는 아무것도 갖지 못한다.

결국 부자는 용감한 사람만 될 수 있다. 사회적으로 가장 안정적이고 모범적인 코스라 일컬어지는 서행차선에서 내려와야만 부의 추월차선에 오를 수 있다는 것. 그런데 이 책을 쓰고 있는 나 역시 쫄보였음을 이미 고백한 바 있다. 그래서 책 한 권에 부업에 대한 이야기와 창업에 대한 이야기를 동시에 풀어내고 있는 것이다. 나는 최대한 리스크 없이 경제적 자유로 가는 방법을 알려주고 싶다.

이제부터 우리는 2장에서 익힌 역량을 이용해 사업을 만들어 볼 것이다. 부업은 의지와 노력만으로도 가능한 영역이지만, 사업은 시스템을 만드는 과정이라 철저한 기획과 획기적인 발상 같은 게 더 요구된다.

사업 모델을 만들어 보자

이번 장을 읽는 것만으로, 혹은 이 책 한 권을 다 읽는 것만으로 당신만의 사업 아이템이 뚝딱 만들어진다는 보장을 하진 못하겠다.

그래도 사업가가 되기 위한 기본적인 경로를 제시해야 한다고 생각한다. 이제부터 이어지는 내용들은 당신이 창업에 성공하는 그 순간까지 두고두고 여러 번 읽기를 바란다.

남들과 다른 무언가를 어떻게든 만들어 내기

일단 남들 따라 하는 건 배제한다. 나만의 경쟁력과 진입장벽이 없는 창업은 성공할 확률이 극히 낮다. '이게 요즘 뜬다더라' 하며 각광받는 아이템일수록 경계해야 한다. 과연 그게 지속성을 가질 수 있을지를 먼저 따져봐야 한다. 그 많던 대만 카스텔라 가게, 벌집 삼겹살 가게는 다 어디로 갔는가? 뒤늦게 막차를 타서 성공할 수 있을 리 없다. 설령 발 빠르게 뛰어들어서 처음엔 제법 재미를 봤다 하더라도 결말은 비슷할 것이다. 우후죽순처럼 생겨나는 경쟁자들에 의해 당신의 사업은 점차 성장이 둔화되다가 이윽고 그들과 함께 다 같이 망할 것이다. 이런 경우, 뒤늦게 뛰어든 경쟁자를 욕하는 건 아무 의미가 없다. 구조적으로 원래 그렇게 되게 돼 있었을 따름이다. 누구나 따라할 수 있는 아이템으로 창업을 한 게 잘못이다.

온라인 창업도 다를 바 없다. 남들과 다른 무언가가 없으면 어딜 공략해도 레드오션일 것이다. 블로거도, 유튜버도 이미 너무 많다. 전자책을 쓰건, 강의를 하건 당신보다 먼저 자리잡은 사람이 분명히 있을 것이다. 하지만 괜찮다. 당신만의 무언가를 만들면 된다. 세상에 없는 걸 만들어 낼 자신이 없으면 살짝 비틀면 된다. 기존의 분야에서 최고가 될 자신이 없다면 새로운 분야를 만들어 내면 된다.

살짝 비틀어서 새로운 분야를 만드는 방법 두 가지를 소개하겠다.

첫 번째는 타겟을 좁히는 것이다.

이는 모든 사업에 적용되는 기본 원리다. 남녀노소를 대상으로 하는 사업은 우리처럼 가진 것 없는 사람들의 영역이 아니다. 그런 건 대기업이나 하라고 하고, 우리는 송곳처럼 뾰족한 타게팅을 해야 한다. 그게 당신을 적어도 그 영역 안에선 독보적인 사람으로 만들어 줄 수 있다.

당신이 흔하디 흔한 영어 강사라면 "내신 5등급을 2등급으로 만들어 드립니다."라는 구호를 내세워 볼 수 있다. 전형적인 중위권 학생들의 영어 공부 맹점들을 정리 및 분석하여 그걸 본인만의 콘텐츠로 블로그나 유튜브에 푸는 것이다. 이런 건 먼저 시작하는 사람, 혹은 먼저 유명해지는 사람이 임자다. 5등급을 2등급으로 도달시키는 프로젝트라는 의미를 담아 '오이도 프로젝트' 같은 이름을 짓고 그 분야의 개척자, 권위자로 스스로를 브랜딩한다. 실제로 공부를 너무 잘하거나, 너무 못하는 학생은 배제함으로써 '성적 어중간한 학생 전문'이라는 독특한 영역을 확보한다.

이 미술학원은 어른은 받지 않는다. 아이들 전용 학원이야 워낙 흔하니 이것만으론 충분한 차별성이 확보되었다 보기 힘들다. 그런데 이 학원은 여자 아이도 받지 않는다. 오직 남자 아이 전문, 그중에서도 소위 ADHD가 의심되는 정신 산만한 남자 아이 전문 미술학원이다. 이 정도로 타겟을 좁혀 버리면 수많은 잠재 고객을 쫓아 버리는 거 아닌가 하는 생각이 들 수도 있다. 하지만 이 전략은 결과적으로 대박이었다. 설정한 타겟에 부합하는 학부모들은 아무리 길이 멀어도 그 학원 아니면 눈에 들어오지 않았다. 몇 개월씩 예약이 밀리는 건 예사. 지금은 전국에 수십 개의 체인점을 갖고 있다.

개를 좋아하고 애견 미용 관련 기술을 가진 한 청년이 있었다. 반려동물 시장은 갈수록 커지고 있지만, 그에 비례해서 관련 업종 종사자도 늘어나는 추세여서 본인만의 차별화된 사업 아이템을 만들기가 쉽지 않았다. 이 청년이 발굴한 사업 아이템은 '대형견 출장 목욕 서비스'였다. 중소형견은 견주가 직접 목욕시키는 게 그리 어렵지 않지만, 대형견을 씻기는 일은 견주 입장에서 큰 고역이다. 이들을 위해 특수 개조한 트럭을 집 앞까지 몰고 와서 그 안에서 대형견을 씻겨 주고, 말려 주고, 털이나 발톱 케어까지 해 주는 원스톱 서비스를 제공한 것. 특히 트럭을 대형견 목욕 전용으로 개조하는 작업이나, 대형견 목욕 및 케어 부분은 고유의 기술이 필요한 부분이라 아무나 따라할 수도 없었다. 또한 대형견을 키우는 사람들은 대체로 경제적으로 여유가 있는 편이다. 모름지기 대형견이라면 마당이 있는 집에서 뛰어놀아야 어울리지 않겠는가! 급기야 프랜차이즈화까지 성공했다. 2호, 3호 트럭이 달리기 시작한 것이다.

두 번째는 둘 또는 셋을 조합하는 것이다.

당신이 가진 기술이나 능력이 평균적인 사람들보다 나은 정도라면 상위 20% 정도는 될 것이다. 하지만 어느 업종이든 상위 5% 정도에 들지 못하면 유의미한 성과를 남기기 어렵다. 부지런히 수련해서 상위 5% 수준까지 능력치를 올리는 방법도 있겠지만, 솔직히 쉽지 않다. 그러다 보니 자신의 능력을 스스로 과소평가하고 '이런 건 먹고 사는 데 도움이 안 되는 재주야'라고 결론을 내려버리는 경우가 대부분이다. 그럴 때 쓸 수 있는 게 둘 또는 셋의 조합으로 당신만의 영역을 만들어 내는 방법이다.

당신에게 상위 20%에 해당하는 능력 두 가지가 있다면 이걸 섞어보는 것이다.

20% x 20% = 4%

단숨에 대체불가급의 전문가가 된다. 혹시 그런 능력이 하나 더 있는가? 축하한다.

20% x 20% x 20% = 0.8%

상위 1% 안에 드는 전문가라면 어딜가도 독보적인 존재감을 얻을 것이다.

부동산 영업 전문가인 이분은 일을 통해 수많은 건물주들을 만났고, 그들의 자녀 교육 방법이 세상의 통념과 다르다는 걸 알게 되었다. 본업이었던 부동산 매매에 관한 전문성을 더욱 키워가며 자녀 교육에 대한 이론과 실제를 익히고 경험했다. 그리고 이러한 아이템을 세상에 내놓았다. '내 자녀 건물주 만들기!' 자녀 교육과 부동산을 동시에 섭렵한 전문가는 이분밖에 없었다.

이분은 화가였다. 여러 차례 개인전을 개최할 정도로 업계의 인정을 받는 전문가였지만, 미술학원을 차릴 게 아닌 이상 그림을 그려서 호구지책을 해결하는 건 극히 어려운 일이었다. 그리고 이분은 자연과 함께하는 몸의 치유에 관심이 많았다. 그래서 단식 학교를 세우고 단식 캠프를 운영했다. 그런데 왜 처음부터 그 생각을 못 했을까? '미술치료와 함께하는 단식 캠프'로 간판을 바꿔 달자 곧바로 대박이 났다. 미술 하는 사람도 많고, 단식원 같은 곳도 많지만, 미술과 단식을 합쳐서 몸과 마음을 함께 치유하는 아이템은 이분만의 독보적 영역이었다.

다재다능한 청년이 하나 있다. 작사, 작곡 능력이 있어 밴드 활동도 하고 있고 영상 촬영, 편집 능력도 있어 유튜브에 소소한 일상 콘텐츠를 올리고 있다. 직장에선 영어 능력을 활용해서 해외 업무를 전담하고 있다. 밴드나 유튜브 활동은 그냥 인생을 즐겁게 살기 위한 것일 뿐 딱히 수익화할 생각을 하지 못하고 있었던 이 청년에게 새로운 아이템이 주어진다. "당신만의 맞춤 뮤직 비디오를 만들어 드립니다!" 생일 잔치용이나 프로포즈용으로 적합하다. 혹은 단순히 버킷리스트 중 하나로 내 노래와 뮤직비디오를 갖고 싶다는 니즈까지 충족시킬 수 있다. 거기에 더해 갖고 있는 영어 능력을 썩힐 필요가 없다. 요즘 세계적으로 한류, 케이팝 바람이 거세지 않은가? 작사도 영어로 해주고, 케이팝 스타일의 뮤직 비디오를 만들어 주는 글로벌한 아이템이 탄생한 것이다.

1인 기업으로 시작하되, 1인 기업에 머무르지 마라

평범한 재능 둘 또는 셋을 조합해서 경쟁력 있는 아이템을 만들어 내는 방법을 설명했다. 당신에게 여러 가지 재능이 있다면, 사업 모델을 만들어 내는 데 있어 이보다 더 좋은 방법은 없을 것이다. 하지만 아무리 스스로를 되돌아봐도 그렇게 다양한 능력이 없다고 여겨진다면? 여기서 다시 한 번 발상의 전환이 필요하다.

무자본 창업을 지향하되, 진짜 돈 한 푼도 안 들이고 창업할 생각을 하면 안 된다. 돈을 썼을 때 확실히 더 좋은 결과를 낼 수 있다는 확신이 들면 때로는 과감하게 질러야 한다. 마찬가지로 1인 기업을 지향한다고 해서 혼자 모든 걸 다 해낼 거라 생각해선 안 된다. 만약 당신이 가진 무기가 상위 20%의 재능 하나밖에 없다면, 당신과 다른 상위 20%의 재능을 가진 사람과 협력함으로써 혼자만의 한계를 순식간에 넘을 수도 있다. 예를 들어, 당신이 콘텐츠 제작과 마케팅과 영업을 혼자 다 할 수 있다면 당연히 그게 베스트다. 하지만 사람이 그 정도로 다재다능하기는 쉽지 않은 법. 콘텐츠 제작이나 마케팅은 잘할 수 있는데, 영업은 도저히 자신과 맞지 않는다고 생각된다면 과감하게 전문 영업인에게 아웃소싱해야 할 필요도 있다. 당신이 홈페이지를 꾸미고 싶은데 글은 잘 쓸 자신 있지만 디자인 쪽 역량이나 감각이 없다면, 일일이 모든 기술을 스스로 배우는 것보다 그러한 재능을 가진 사람과 협업을 하는 게 빠를 수도 있다. 사업 모델을 구상하면서 누구와 동업을 할지, 누구를 고용할지, 혹은 누구에게 외주를 맡길지를 고민할 일은 수시로 생긴다. 이러한 것들을 번거롭다고 생각할 게 아니라 완벽하지 않은 당신을 도와줄 팀을 만드는 필수 작업이라고 생각하기 바란다.

직장과 부업으로 대표되는 노동소득으론 경제적 자유를 얻을 수 없었다. 그래서 우리는 사업에 도전한다. 사업은 시스템 만들기이다. 시간을 팔아, 노동력을 팔아 돈을 버는 게 아니라 가만히 있어도 돈이 들어오게끔 하는 시스템 말이다. 자본이 충분하다면 강남의 빌딩 하나 매입해서 월세를 받으면 된다. 이보다 확실한 시스템 수입이 또 있을까 싶다. 하지만 우리는 무자본, 소자본 창업으로 간다. 퇴직금을 털어넣는 모험 같은 거 함부로 하지 않는다. 당신의 재능, 경험, 경력, 취미, 특기, 가치관 등을 잘 조합해서 당신만의 사업 모델을 만들어 낼 수만 있다면, 큰돈 들이지 않고도 시스템을 만들 수 있다.

지식창업, 당신에게 가장 어울리는 방법론!

직장 탈출을 꿈꾸며 이 책을 읽고 있는 당신은 아무래도 화이트 칼라일 가능성이 높을 것 같다. 물론 이게 돈을 아주 잘 번다는 의미는 아니다. 월급 200만 원짜리 화이트 칼라가 너무나 흔해진 세상이다. 사무실에서 머리 쓰며 일하는 사람과 현장에서 몸 쓰며 일하는 사람의 급여 차이가 거진 사라졌고, 오히려 숙련공들의 급여가 웬만한 화이트 칼라보다 더 높은 게 현실이다. 게다가 이런 전문직 블루 칼라들은 이직에 대한 두려움이 거의 없다. 본인의 기술만 확실하면 수요는 넘쳐나니 말이다.

이에 반해 화이트 칼라들은 우울하다. 지금 다니고 있는 회사를 나가서 내가 할 수 있는 게 뭐가 있을까 생각해 보면 답이 안 나온다. 나름 갈고 닦은 것이 있을 터인데, 회사 밖에서 그걸로 먹고 살 수 있을 거라는 기대조차 되지 않는다. 오죽하면 인터넷에서 소위 '짤방'이라 부르는 이미지로 이런 게 돌아다닌다. 기승전치킨집! 물론 과장이 많이 섞인 일종의 자학개그지만 팍팍한 현실을 여과 없이 보여준다.

그런데 여기서 우리는 중요한 발상의 전환을 해야 한다. 위의 저 공식이 틀렸다는 걸 증명해야 한다. 그리고 우리가 가진 재능, 지식, 경험 같은 걸 하나의 사업 아이템으로 만들어 낼 수 있다는 걸 믿어야 한다. 시대가 변했다. 이러한 변화에 빨리 눈을 뜬 사람들이 흔히 쓰는 하나의 관용구가 있다.

'단군 이래 가장 돈 벌기 좋은 시대'

사실일까? 단언컨대 사실 맞다. 그게 어떻게 가능하냐고? 산업화 시대, 아날로그 사회에서 중요시하던 학력, 경력, 자격증 같은 것들이 정보화 시대, 디지털 사회에서는 딱히 필요가 없기 때문이다. 여전히 없기보단 낫겠지만 딱 그 정도다. 더 이상 학력이나 경력, 자격증 같은 게 없다고 특정 분야에 진입조차 못하는 시대가 아니다. 변호사나 의사같이 시험에 합격해서 면허를 받지 않으면 해당 업종을 영위할 수 없는 몇몇 특수직을 제외하면 모든 문이 누구에게나 활짝 열렸다고 봐도 무방하다.

이러한 변화가 어디에서 왔을까? 세상이 디지털화되면서 누구나 온라인 세상에 자신의 본진을 만들고, 하고 싶은 얘기를 할 수 있게 되었기 때문이다.

예전에는 대중에게 널리 읽히는 글을 쓰는 일은 신춘문예를 통과하거나, 언론사에 입사한 사람들이나 하던 일이었다. 하지만 지금은 누구나 블로그, 카페, 티스토리, 브런치 등의 플랫폼에 자신의 본진을 만들고, 거기서 자신의 글로 대중들과 소통할 수 있다.

예전에는 전문가만 책을 썼다면, 지금은 책을 쓰면 전문가가 된다. 출간해 주는 출판사가 없으면 자비 출판을 하든, PDF로 만들어 전자책을 팔든 세상에 발표하는 것 자체는 누구나 할 수 있다.

영상 제작을 방송국의 전문 인력들만 하던 시절이 불과 얼마 전이다. 지금은 누구나 자신의 이야기를 촬영하고, 간단한 편집 프로그램을 이용해 편집해서 유튜브에 올리는 시대다.

물론 이 역시 쉬운 길은 절대 아니다. 하지만 예전에는 학력, 경력, 자격증 같은 게 받쳐주는 사람 아니면 무대 위에 올라갈 방법조차 없었다. 이에 반해 디지털 세상은 누구나 무대 위에 올라갈 수 있다. 그 무대에 올라가서 관객들의 호응을 얼마나 받아내느냐 하는 건 당연히 개인의 능력에 달린 거고 경쟁도 아주 치열하다. 그래도 기회라는 측면에서만 보면 지금처럼 만인에게 무대에 올라갈 자격을 주는 사회는 단군 이래 단 한 번도 없었을 것이다.

누구나 무대에 오를 수 있다. 그리고 당신에겐 그동안의 직장 생활과 삶을 통해 세상에 어필할 만한 재능이나 지식, 혹은 경험이 있다. 또한 우리는 2장에서 부업을 핑계 삼아 디지털 세상의 무기들을 이것저것 다뤄 보았다. 이것들을 조합해서 하나의 1인 지식기업을 만들어 보는 게 지금부터 해 나갈 미션이다.

하나의 예를 들어 보겠다. 35세 김철수 씨는 유학 경력 같은 것도 없고 토익 점수도 그리 높지 않지만, 직장에서 해외 바이어들을 많이 상대해 봐서 무역, 거래, 협상 관련한 영어 실력이 꽤 괜찮은 편이다. 김철수 씨는 블로그나 유튜브를 통해 현장에서 실전을 통해 연마된 영어 노하우를 알리기로 한다. '철수의 돈 버는 실전영어' 같은 캐치 프레이즈를 건다. 그다음 '미드 백날 봐도 깨달을 수 없는 영어로 협상하는 기술', '1타 영어강사도 모르는 실전 무역 영어' 같이 자신만의 강점과 차별화를 어필할 수 있는 콘텐츠를 개발

한다. 그리고 이 콘텐츠를 자신의 블로그와 유튜브에 하나하나 푼다. 그러면서 인스타그램에 자신의 일상 생활과 일하는 모습을 꾸준히 올리면서 팔로워를 쌓아간다. 블로그 서로이웃과 유튜브 구독자도 계속 늘려간다. '철수 영어'라는 브랜드에 호감을 가진 사람들을 네이버 카페로 유입시킨다. 온오프믹스 같은 사이트에 '철수 영어' 강의를 개설한다. 블로그나 카페로 유입된 사람들을 위한 온라인, 오프라인 강의도 개설한다. 돈이 조금씩 벌리면 이제 네이버나 인스타그램 등에 유료 광고를 조금씩 집행해서 더 많은 사람들이 유입될 수 있게 한다. 수강생들에게는 그동안 개발한 콘텐츠를 아낌없이 풀어주고 그들의 진성 후기를 쌓아간다. 클래스101에 고가의 인터넷 강의를 등록한다. 거래 실무에 꼭 필요한 영어를 단기간에 마스터하고 싶은 고객을 대상으로 1대1 고액 강의나 컨설팅을 추가한다. 유명세가 높아지면 책을 한 권 쓴다. 그다음은 '철수 영어'를 자신 대신에 가르쳐줄 수 있는 영어 교사를 모집해서 훈련시킨다. 처음엔 그들을 직원으로 쓰다가 전국 각지에 '철수 영어' 분점을 내면서 그들을 투입한다. 이제 김철수 씨는 돈과 시간의 자유를 얻은 성공한 사업가다.

위의 사례를 곱씹어 보면서 당신만의 전략을 세워 보기 바란다. 이처럼 지식창업은 무자본으로 시작해서 큰 사업으로 키워갈 수 있는 디지털 시대의 방법론이다. 자신만의 영역을 찾아내서 그걸 개발하고, 기획만 잘 해낼 수 있다면 당신도 김철수 씨처럼 될 수 있다. 치킨집 사장이 자신의 전문성을 전혀 살리지 못하고 큰돈까지 들여 레드오션으로 풍덩 뛰어드는 길이라면, 지식창업은 당신이 좋아하고 잘하는 일을 하면서 당신만의 블루오션을 개척하는 길이다. 단순히 돈을 잘 버는 측면에서도 이 길이 유리하겠지만, 좀 더 낭만적으로 말하자면 지식창업은 당신의 꿈을 이루는 길이다.

본진 구축 및 다양한 채널 활용하기

지식창업은 당신의 지식을 세상에 널리 알려서 파는 것이다. 일단 팔 아이템이 준비되었다면, 이걸 어떻게 세상에 알릴 건지를 고민해 볼 차례다. 당연히 온라인 채널을 활용할 것이다. 사무실을 구하고, 전단지를 돌리고 하는 방법은 당장엔 생각하지 말자. 우리는 퇴직금에 손 안 대고 사업을 만들기로 했었으니까.

일단 본진을 정해야 한다. 정답은 없다. 각자의 아이템 특성, 시장 여건 등에 따라서 답은 다르게 나오기 마련이고, 자신에게 가장 알맞은 채널을 스스로 결정해야 한다. 1인 기업가들이 본진으로 주로 삼는 채널은 블로그, 카페, 인스타그램 등이 대표적이며 유튜브, 페이스북, 네이버 밴드 등을 활용하는 경우도 많다. 카카오톡 오픈채팅방은 근래 들어 필히 포함되는 분위기이며, 별도의 홈페이지를 만들어서 본진으로 삼을 수도 있다.

하나의 채널을 집중적으로 공략하는 경우도 있지만, 여러 가지 채널을 동시에 운영하는 경우가 훨씬 더 많다. 아무래도 할 수 있는 건 다 해본다는 차원에서 보자면, 여러 채널을 운영할 수만 있다면 그렇게 하는 편이 대체로 낫다. 어차피 돈이 더 드는 것도 아니고, 당신이 조금만 더 수고해 주면 된다.

예컨대 블로그만 운영하기보다는 블로그, 카페, 유튜브, 인스타그램, 페이스북, 오픈채팅방을 함께 운영하는 것이다. 1개 채널을 운영하는 것과 5~6개 채널을 운영하는 데 드는 노력이나 시간은 얼마나 차이가 날까? 5~6배의 공을 들여야 한다면, 그게 아무리 좋아도 추천하기 힘들 것이다. 하지만 놀랍게도 1.5~2배 정도만 신경 쓰면 여러 채널을 동시에 활용할 수 있다. 그러니 해볼 만한 것이다.

이를 원 소스 멀티 유즈(One Source Multi Use) 전략이라고 한다. 예를 들어, 당신이 유튜브용 영상을 하나 찍었다고 치자. 그 영상의 대본을 블로그에 올린다. 그 블로그 글을 고스란히 카페로 옮겨올 수 있다. 영상 일부를 발췌하거나 캡처해서 인스타그램에 올린다. 페이스북 연동 설정만 해 놓으면 같은 게시물이 페이스북에도 올라간다. 이렇게 생산된 영상, 글, 사진 등을 틱톡, 밴드, 오픈채팅방, 혹은 여러 다른 커뮤니티에 퍼나른다. 이런 방식으로 하면 당신은 유튜브 영상 하나를 찍었을 뿐이지만 최소 4곳 이상, 마음먹기에 따라 10곳 이상의 플랫폼에 해당 콘텐츠를 올릴 수 있다.

여기서 중요한 건 당신만의 본진을 정하는 것이다. 확실한 본진 없이 여러 채널에서 산발적인 활동만 할 바에는 제대로 컨트롤 할 수 있는 하나의 채널만 확실히 관리하는 편이 나을 수도 있다. 각 채널에서 당신에게 유입되는 사람들이 당신이 설계해 놓은 동선에 따라 흘러 들어오다 보면 다 함께 모일 수 있는 그런 곳을 정해 둬야 한다.

네이버 카페

사람들을 모으기 좋고, 카페 가입 과정에서 그들의 데이터베이스를 확보할 수 있다는 특장점이 있다. 커뮤니티 기능을 활성화시킬 수만 있다면 거기 모인 사람들끼리 소통만으로 자동으로 굴러가게 만들 수 있다. 가두리 양식장과 흡사하다.

회원 수 1,800만, 연간 거래 규모 5조 수준인 중고나라는 대한민국 최대 규모의 중고 거래 플랫폼이다. 카페 하나 잘 키워서 4차 산업혁명 시대의 총아라는 플랫폼 사업을 운영할 수도 있는 시대인 것이다.

사람들이 모여서 복작거리는 공간을 만들어 낼 수만 있다면 그게 플랫폼이고, 엄연히 하나의 사업 아이템이 된다. 맘카페나 자동차 카페 같은 경우 잘만 키워내면 배너 광고 수익, 게시판 입점 수익, 공동구매 중개 수익 등의 다양한 수익 루트를 만들어 낼 수 있다. 모르는 사람이 들으면 무척 놀랄 사실을 하나 소개한다. 꽤 많은 맘카페는 맘과는 전혀 상관없는 미혼 남성이 만들고 관리한다. 하나의 사업 아이템으로 보는 것이다.

그런데 이렇게 카페의 커뮤니티 기능을 활성화시키는 사업 모델은 이 책에서 제시하는 방향과는 약간 결이 다르다. 카페를 통해 사업을 키우는 게 아니라 카페 자체가 사업.아이템이 되니 말이다. 할 수만 있다면 이것도 좋은 방법이지만, 그 정도로 활성화된 커뮤니티형 카페를 만들어 내는 건 엄청나게 어려운 일이다. 일단 우리는 카페를 지식창업의 도구이자 사람을 모으는 본진의 역할을 하는 것까지만 생각하자. 본인만의 아이템을 발견한 1인 지식기업 지망생들은 카페를 통해 자신을 드러내고 알린다.

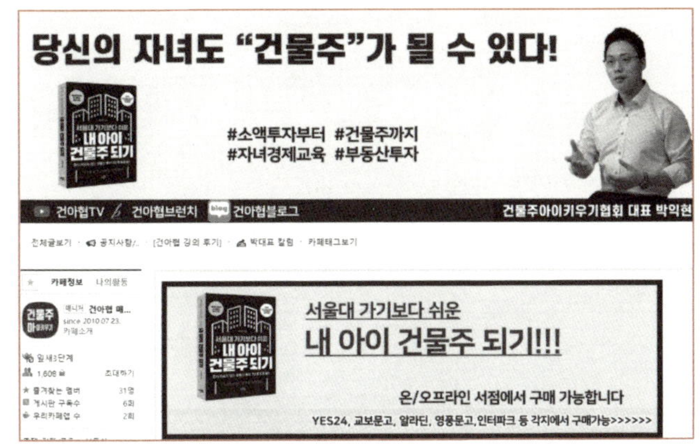

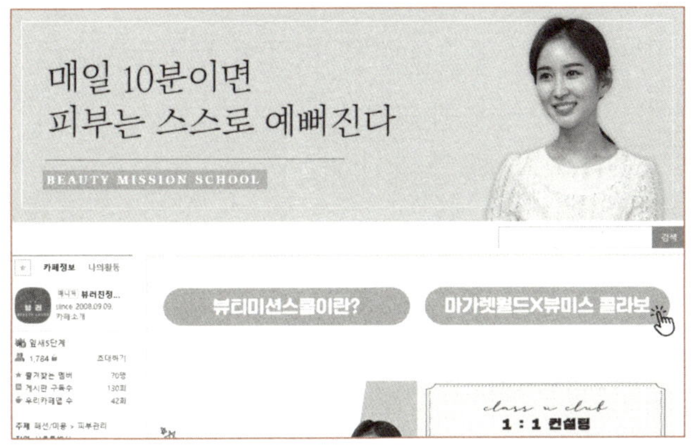

위 사진들의 경우가 개인의 퍼스널 브랜딩과 팬들을 모으는 용 도로 카페를 사용하는 전형적인 모습이다. 팬들을 모으고 그들의 데이터베이스를 확보하며, 그들에게 자신의 상품이나 책 광고도 하고, 다른 채널 소개도 하고, 강의나 컨설팅을 받은 사람들의 후기도 소개하고 있다.

이 기관은 그럴듯한 홈페이지도 만들어 봤지만 사람을 모으는
측면에서도, 모인 사람들이 활동하게 하는 측면에서도 카페가 유리
하다고 판단했다고 한다. 그래서 카페를 신규 수강생 모집의 수단
으로도 사용하지만, 기존 수강생들의 커뮤니티 역할도 겸하고 있
다. 기존 수강생들이 활발하게 활동하고 있는 모습을 보여주는 게
신규 수강생 모집에도 유리하게 작용하고 있음은 물론이다.

이러한 장점에도 불구하고 누구에게나 카페 운영을 권하긴 어렵
다. 10년 전만 해도 카페에서 이뤄졌을 법한 활동이 인스타그램, 페
이스북 등의 SNS 플랫폼으로 옮겨간 경우가 많으며, 오픈 채팅방처
럼 간단하게 실시간 소통 가능한 채널들이 널리 쓰이면서 상대적으
로 번거로운 카페에서 활동하는 사람들이 점차 줄어들고 있다. 그
러다 보니 처음 카페를 시작해서 활성화까지 시키기가 무척 힘들어

졌다. 거기에 더해 신생 카페를 네이버가 검색에 노출시켜 주는 경우가 극히 드물다. 그 여파로 이른바 '최적화 카페'라 부르는, 생긴 지 오래 된 카페를 돈 주고 구입하는 경우도 많은 게 현실이다.

이처럼 예전의 영광을 잃어가고 있는 플랫폼인 네이버 카페이지만, 당신이 지식창업을 구상하고 있다면 여전히 본진으로 삼기에 이만한 게 없다. 특히 다른 채널을 통해 유입된 사람들을 카페로 흘러 들어오게 해서 그들의 개인정보를 확보하고, 그들이 궁금해할 만한 콘텐츠를 회원에 한해 독점 제공하고, 결국 고객으로 만들었다면 그 카페에서 더 열심히 활동할 만한 거리를 줌으로써 그들을 계속 머물게 하는 것. 이건 1인 지식기업가들이 사업을 설계할 때 하나의 정석과도 같은 방법론이다.

네이버 블로그

본진으로 삼든, 서브 채널로 삼든 블로그는 웬만하면 하는 걸 추천한다. 하고 싶은 이야기를 마음껏 할 수 있는 나만의 공간이 생기는 것만으로도 나쁘지 않은데, 이게 사실은 마케팅 도구로써도 탁월하다. 특히 1인 지식기업가는 지식이나 노하우 같은 무형의 상품을 판매하는 경우가 대부분이다. 그러니 자신이 어떤 사람이며, 어떤 분야의 전문가이며, 무엇을 줄 수 있는지를 알릴 수 있는 채널이 꼭 필요한데, 글을 기반으로 하는 블로그가 어울리는 경우가 많다. 사진이나 영상도 첨부 가능하며, 인기 있는 키워드로 검색 시 상위 노출까지 가능하다면 광고판 노릇도 제대로 한다. 네이버의 로직이 수시로 바뀌고 있어 가변적이긴 하지만 대체로 카페보다 블로그 쪽이 검색 시 노출이 더 잘되는 편이다.

카페처럼 사람들을 끌어 모아 개인정보까지 확보하는 기능은 없다. 하지만 카페는 활성화가 되지 않으면 별 기능을 못하는 것에 반해, 블로그는 사람들이 많이 봐 주든, 그렇지 않든 신경 쓰지 않고 자신의 페이스대로 키워 나가면 된다. 그리고 이웃을 늘려가는 활동을 차근차근 하다 보면 굳이 검색 노출이 되지 않더라도 이웃들의 방문에 의해 기본 조회 수를 확보할 수 있다.

또 하나의 정석이라 할 수 있는 그림은 이런 것이다. 블로그를 통해 당신을 알리고, 블로그 이웃들과 소통하면서 당신의 팬을 늘려 나간다. 그러다가 카페를 만들어 블로그에서 만들어진 팬들을 카페로 유입시키는 것이다.

예를 들어, 당신이 블로그에 새벽기상 및 독서에 대한 포스팅을 지속적으로 올리면서 이러한 분야의 전문가임을 알렸고, 많은 블로그 이웃들의 호응을 얻어냈다고 가정해 보자. 그렇다면 이 블로그 이웃들과 함께 '새벽기상 100일 모임'이나 '미라클 모닝 독서 모임' 같은 걸 제안할 수 있을 것이다. 그 모임을 함께하며 서로의 일상을 공유하고, 과제를 수행하는 공간이 있으면 좋을 텐데, 이럴 때 네이버 카페가 안성맞춤이다. 선 블로그, 후 카페, 블로그는 소통의 창구로 열어 두고 최종 본진은 카페로 삼는 전략이다.

실제로는 블로그만 운영하는 사람도 많고, 카페만 운영하는 사람도 꽤 있다. 블로그만으로도 충분히 사람들을 끌어 모을 수 있고, 군이 활성화가 힘든 카페에 따로 노력을 쏟고 싶지 않다면 블로그 하나만 잘 운영하는 것도 나쁘지 않다. 혹은 어차피 블로그를 거쳐 카페로 오게 만들 바에는 그냥 블로그를 생략하고 카페 하나만 잘 키우자는 전략도 가능하다.

2장에서 수익형 블로그와 브랜딩 블로그에 대해 설명한 바 있다. 당신도 이제 조금씩 감이 잡히고 있을 거라 생각하는데, 적어도 사업가가 되려는 사람에겐 수익형 블로그는 더 이상 의미가 없다. 아예 온라인 판매 쪽을 아이템으로 삼은 경우라면 예외다. 하지만 지금껏 이 책에서 일관되게 제시하는 방법론, 즉 1인 지식기업가의 진로를 원한다면 더 이상 남의 상품을 팔아주는 블로그가 아니라 나를 알리는 블로그를 해야 한다.

인스타그램

인스타그램, 페이스북, 트위터 정도가 세계 3대 SNS 플랫폼으로 불린다. 그중 트위터는 아주 짧은 글밖에 적을 수 없다는 특징 때문인지 세계적인 영향력에 비해 국내에서의 입지는 미미한 편이다. 이 부문의 최강자는 한동안 페이스북이었으나 점유율도 많이 하락했고, 40대 이상의 고령층이 주로 이용하는 플랫폼으로 위상이 추락했다. 그리고 왕좌를 이어받은 SNS계의 대세는 인스타그램이다. 사진 위주의 피드 구성이 젊은층의 취향을 제대로 저격했고, 현재는 릴스를 통해 영상 콘텐츠에도 힘을 싣고 있다.

사람들을 많이 모을 수만 있으면 어떻게든 돈을 벌 수 있는 세상이다. 많은 팔로워를 보유한 인스타그래머는 이미 디지털 세상의 스타다. 그러다 보니 인스타그램 채널을 운영하지 않는 1인 기업가를 보기가 힘들 정도다. 잘되면 인스타그램 하나만으로도 본인의 사업을 만들 수 있고, 그 정도는 아니더라도 많은 시간을 들이지 않고 소소하게 운영하는 것만으로도 실보다 득이 훨씬 많으니 안 할 이유가 없다.

개인을 브랜딩하기에도 좋고, 업체나 상품을 홍보하기에도 좋다. 주의할 점은 대놓고 광고 계정처럼 만들지 말라는 것. 그냥 일상을 올릴 뿐인데, 하필 그 일상이 강의하고 컨설팅하는 거고, 사람을 만났는데 하필 그 사람이 유명한 사람이라는 그런 모양새를 만들면 좋다. 바쁜 사업가의 일상을 올릴 뿐인데, 그 과정에서 판매하는 상품이 자연스레 노출되는 정도면 충분하다. 그래야 사람들이 당신을 경계하지 않는다. 자연스레 유입되고, 차츰 팬이 된다. 그런 과정이 어느 정도 무르익었다 판단될 때, 이렇게 모인 팬들에게 '뭔가 혜택을 드리고 싶어서'라는 명분을 방패 삼아 본상품 판매에 도전한다. 강의든, 컨설팅이든, 유형의 상품이든 이러한 자신의 상품을 가격 할인, 인원 한정 이벤트 같은 형태로 판매할 수 있다.

사람을 모을 수 있고, 그들과 소통할 수 있다는 것만으로 인스타그램 같은 SNS 채널도 충분히 본진으로 쓸 만하다. 혹은 인스타그램을 통해 확보한 팬들을 자신의 카페나 블로그로 유입시킬 수도 있다. 아무래도 SNS의 특성상 길고 딱딱한 글을 싣는 건 적절치 않으므로 전하고자 하는 얘기가 많은 경우, 블로그를 함께 활용하는 게 좋을 것이다. 모인 사람들의 개인정보를 확보하고 싶고, 소속감을 부여해서 함께해 나갈 거리를 준비했다면 카페로 유입시키는 게 가장 좋다. 정답은 없다. 본인의 아이템에 가장 부합하는 전략을 세우면 된다.

유튜브

이 시대에 가장 많은 트래픽이 몰리는 플랫폼, 글이나 사진보다 훨씬 위력적인 영상 기반의 플랫폼, 바로 유튜브다. 이런 강력한 도구를 2장에서 부업으로는 추천하지 않았다. 촬영하고 편집하는 데 꽤 많은 시간과 노력이 드는 것에 반해 수익화 시키기는 무척 힘들기 때문이었다. 하지만 1인 기업가의 퍼스널 브랜딩이라는 차원에서 접근한다면 유튜브를 절대 간과해선 안된다.

유튜브로 돈을 번다 하면 흔히들 떠올리는 구글 애드센스 광고 수익은 우리의 관심사가 아니다. 먹방이나 게임 같은 콘텐츠를 히트시켜 광고수익을 크게 버는 건 전문 유튜버 내지 크리에이터의 영역이지 사업가의 영역은 아니다. 사업가는 유튜브 역시 앞서 소개한 카페, 블로그, 인스타그램과 같은 관점에서 접근해야 한다. 즉, 우리가 유튜브에 올리는 영상들을 통해 특정 분야의 전문가 내지 멘토의 입지를 확보하고, 이로 인해 유입되는 팬들에게 최종적으로는 본상품을 판매하는 게 목표이다.

일단 충분히 유명해질 수만 있다면 유튜브를 주력 채널로 삼는 게 무조건 제일 좋다. 그 정도로 유튜브의 트래픽은 압도적이다. 하지만 유튜브만으로는 모인 사람들의 데이터베이스를 확보할 수도 없고, 본상품을 판매할 수도 없다. 게다가 어느 채널이든 마찬가지이지만, 특히 유튜브는 상업성을 노골적으로 드러내면 순식간에 민심이 돌아서는 편이다. 그래서 유튜브는 오직 지명도를 올리는 용도로만 사용하고 별도의 본진을 만들어 둬야 한다.

유튜브 세계에서 유명한 1인 기업가들의 채널을 잘 살펴보면 알 수 있을 것이다. 그들은 유튜브를 통해 쌓아 올린 인지도를 발판으로 사람들을 자신의 블로그, 카페, 홈페이지 같은 곳으로 유인한다. 그리고 거기서 강의나 컨설팅을 판매한다.

● 유튜브를 주력채널로 삼을 수 있으면 그리 하는 게 좋다. 하지만 본진을 별도로 준비해 둬야 한다. 두 용어를 헷갈리지 말 것. 본진은 사람들이 모이고 최종적인 구매가 일어나는 채널이라는 의미이며, 주력채널은 가장 많은 사람들과 접촉하는 채널을 말한다.

오픈채팅방

확실한 이득 제시만 된다면 가장 쉽고 간단하게 사람들을 모을 수 있는 채널이다. 활성화시키기도 가장 쉽다. 그렇기 때문에 사람을 모아서 그들에게 유용한 정보를 제공하는 형태로 이루어지는 사업에 있어 근래 들어선 필수로 포함되는 채널이라고 봐도 무방할 정도다.

하지만 모인 사람들의 개입도가 약한 편이고, 데이터베이스 역시 확보하기 어렵다. 그리고 오픈채팅방만으론 콘텐츠를 쌓을 수 없다. 어떤 콘텐츠를 올려도 대화가 쌓이다 보면 금세 뒤로 밀려 버리기 때문에 모두가 공유하는 정보나 지식 같은 걸 만들기 어렵다. 그래서 오픈채팅방은 기본적으로 서브 채널이다. 일단 거기까지 유입한 사람들을 카페나 블로그 같은 본진으로 유입하기 위한 노력이 또 필요하다. 그럼에도 불구하고 한 번 들어온 사람은 웬만해선 안 나가는 경우가 많고, 접근성과 사용의 편이성이 탁월하기 때문에 주력 채널로 삼는 경우가 점점 더 늘어나는 추세다.

홈페이지

가장 전통적인 방법이고, 비용 지출도 따르는 방법이다. 도메인 구입 비용, 홈페이지 제작 비용(물론 본인이 직접 만들 수 있다면 이 비용은 아낄 수 있을 것이다), 서버 유지 및 관리 비용 등이 든다. 게다가 홈페이지 그 자체로 네이버나 구글의 검색엔진에 의해 노출되는 건 쉽지 않은 일이다. 그래서 보통 검색 광고를 돌리는데, 여기서 또 비용이 발생한다.

그러나 이러한 비용을 감수할 만한 장점 또한 존재한다. 특히 네이버, 구글 등의 플랫폼 기업 눈치 볼 필요 없이 자신이 원하는 대로 공간을 구현할 수 있다는 점이 사업의 안정성을 높여준다. 열심히 키운 블로그가 소위 말하는 저품질에 빠지거나, 잘 운영되던 인스타그램 계정이 정지되거나, 유튜브 알고리즘의 변경으로 인해 당신 채널의 노출도가 급격히 줄어들거나 하는 식의 위험성이 없다는 것이다. 어떤 플랫폼에 자신의 계정을 만들 때 우리는 해당 플랫폼이 이런 짓을 하더라도 감수하겠다는 동의를 다 했다. 제대로 읽지도 않았을 빽빽한 약관에 다 나와 있는 내용이다. 플랫폼 기업은 그 안에서 신과 같은 권능을 지니며, 해당 플랫폼 사용자들은 어떻게든 신에게 잘 보여야 하는 의무가 있다. 그 의무를 감당하고 싶지 않고, 좀 더 때깔이 좋은 본진을 갖고 싶다면 여전히 홈페이지는 매력적인 대안이 된다.

먼저 콘텐츠부터 쌓아라!

자신에게 어울리는 본진과 서브 채널을 정했다면 이제 본격적인 사업 시작이다. 하지만 어디서부터 뭘 해야 할지도 모르겠고, 아직 사업을 한다는 실감도 나지 않는다. 당연하다. 오프라인 사업에 치환해서 보자면 이제 겨우 매장 임대를 했을 뿐이다. 지금부터 인테리어도 해야 하고, 상품도 들여와야 하고, 마케팅이나 판매 전략도 세워야 한다. 물론 우리가 하려는 온라인 사업은 임대 비용도 들지 않고, 인테리어도 필요 없다. 실물 상품을 매대에 진열할 필요도 없다. 하지만 돈이 들지 않는 대신 이에 상응하는 노력을 해야 한다.

그리고 당신이 제일 먼저 할 일은 당신의 채널에 콘텐츠를 쌓아 나가는 것이다.

온라인 기반의 지식사업은 콘텐츠로 승부한다. 상품이나 서비스를 노골적으로 들이미는 대신 사람들에게 지속적으로 정보를 제공하고 흥미를 끌어야 한다. 그렇게 사람들에게 차츰 친숙해지고, 신뢰가 쌓이게끔 하다 보면 하나둘씩 팬이 생긴다. 유튜브라면 구독자, 블로그라면 서로이웃, 인스타그램이라면 팔로워라 부르는 그 사람들 말이다. 이들은 여전히 아직 우리의 고객은 아니다. 하지만 당신이 제공한 콘텐츠에 끌려 스스로 당신의 가두리 양식장 안으로 들어온 사람들이며, 어떠한 계기에 의해 고객이 되고 협력자가 될 사람들이다. 그 계기를 미리 설계하는 방법을 앞으로 배워볼 것이다. 어쨌든 최우선 과제는 당신을 좋아하는 사람들을 온라인 세상에서 만들어 내는 것이며, 그 수단이 유익하고 재미있는 콘텐츠다.

언뜻 생각하면 빙 돌아가는 것처럼 느껴질 수도 있다. 당장 상품이나 서비스를 팔고 싶고, 돈을 벌고 싶고, 사업을 사업답게 하고 싶은데 구매 권유와는 동떨어진 글이나 영상 같은 걸 쌓아 놓는 걸 먼저 하라니 조급증이 생길 수도 있다. 그러나 사람들은 이러한 콘텐츠를 통해 당신이 믿을 만한 사람인지를 판단한다. 나아가 당신의 상품이나 서비스에 대한 구매 결정도 콘텐츠를 통해 이뤄진다. 콘텐츠는 본격적인 사업에 돌입하더라도 틈틈이 지속적으로 계속 발행해야 한다. 유료로 판매할 부분만 남겨놓고 당신의 모든 지식과 경험과 식견을 콘텐츠로 보여줘야 한다. 그렇게 콘텐츠가 제법 쌓이고 팬층이 어느 정도 확보가 되면 본격적으로 행동, 즉 구매를 촉구하는 콘텐츠를 발행하기 시작한다.

앞서 예를 들었던 '철수 영어'라면 일단 '김철수는 누구인가?' 하는 본인을 소개하는 콘텐츠가 제일 먼저 필요할 것이다. 그리고 '철수 영어'가 기존의 영어 교육과 뭐가 다른지, 기존 영어 교육의 문제점은 무엇인지, 그러한 문제점을 '철수 영어'는 어떻게 해결해 줄 수 있는지에 대한 안내 내지는 본인의 주장이 들어가야 할 것이다. 그리고 '철수 영어' 강의 맛보기도 좀 보여줘야 할 것이며, 때로는 '김철수의 일상' 같은 사업에서 약간 떨어져 있는 주제의 콘텐츠도 섞어주면 좋을 것이다. 그러다가 가끔씩 아주 강력하고 노골적으로 '철수 영어 1개월 집중 코스! 선착순 10명에게만 얼리버드 50% 할인!' 이런 식으로 본상품 판매를 위한 고객 행동 촉구 콘텐츠도 적절히 들어가야 할 것이다.

당신의 상품이나 서비스가 대단히 매력적이라면 콘텐츠를 쌓는 과정을 생략하고 곧바로 구매를 촉구해도 상관없다. 유형의 상품들은 지금도 여전히 거의 그렇게 팔린다. 압도적인 이득 제시를 할 수 있다면 그것만으로도 판매는 가능하다. 그래도 콘텐츠는 많을수록 좋다. 실제로 당신이 구매했거나 관심을 가졌던 여러 강의나 컨설팅 등을 떠올려 보라. 상품이나 서비스 자체에 매력을 느꼈더라도 이걸 판매하는 저 사람이 어떤 사람인지 궁금해서 그의 블로그나 인스타그램을 찾아 들어가 본 경험이 다들 있을 것이다. 그리고 다른 사람들은 이 상품이나 서비스를 어떻게 느꼈는지 후기들을 꼼꼼히 읽어 봤을 것이다. 당신도 향후 본격적인 판매가 이뤄지기 시작하면 구매자들의 후기를 받을 수 있다. 좋은 후기는 또 다른 고객을 만드는 강력한 킬러 콘텐츠다.

판매의 정석, 그리고 한 걸음 더

1인 지식기업가가 자신의 상품이나 서비스를 판매하기 위해선 어떤 과정을 거쳐야 할까? 먼저 정석이라 알려진 방법을 알아보자.

가장 중요한 것은 당신의 상품이 완벽해지길 기다려서는 안된다는 점이다. 강의든, 컨설팅이든, 전자책이든, 템플릿이나 디자인이든 처음 세상에 내놓는 상품은 당신 성에 차지 않을 것이다. 당연한 일이고 괜찮다. 오히려 처음부터 모든 일을 완벽하게 해내고 싶어하며 생각만 많은 사람이 되는 것이 더 위험하다. 일단 저질러 보고 문제점이 나타나면 하나씩 수정, 보완해 나가면 된다. 1인 지식기업가들이 금언처럼 여기는 말이 있다.

'준비, 조준, 발사' 순이 아니라 '준비, 발사, 조준'이 되어야 한다!

어차피 경험이 일천한 당신은 완벽하게 조준하는 방법을 모른다. 부딪쳐 보고 깨져가며 알아가야 할 일이다. 완벽주의라는 그럴싸한 말 뒤에 숨으면 안된다. 그건 완벽주의가 아니라 실패를 두려워하는 용기 없음이다. 일단 쏴 보고 탄착군이 어디에 어떻게 형성되는지를 확인해서 수정해 나가야 한다. 문제는 생긴다. 실패는 어김없이 뒤따른다. 이에 좌절할 필요가 없다. 이 또한 이미 계산 속에 포함되어 있었다. 여전히 계획대로 되고 있는 것이다.

게다가 우리의 '발사'는 공장에서 물건을 찍어내거나, 사람을 잔뜩 고용해서 하는 일이 아니다. 우리의 머릿속에 든 무언가를, 우리의 시간과 에너지를 들여 세상에 내놓는 것뿐이다. 실패해도 큰돈을 손해 볼 일은 전혀 없다. 그러니 난사를 해도 된다. 여기저기 쏴보다가 명중되는 경험을 하게 되면 이제부턴 그곳으로 집중해서 쏘면 된다. 그러니 조준에 집중해서 시간만 낭비하는 우를 범하지 않길 바란다. 앞뒤 가리지 말고 일단 팔아보라는 얘기다.

스스로도 마음에 들지 않는 어설픈 상품을 무작정 팔라고 하니 당위성에 공감하면서도 두렵고 막막할 것이다. 걱정할 것 없다. 그럴 땐 당신의 상품을 무료로 풀면 된다. 공짜 싫어하는 사람은 없다. 당장 판매를 통해 이득을 보는 대신 더 길게 보는 전략이다.

예를 들어, 당신이 연애 상담을 아이템으로 잡고 블로그에 관련 칼럼을 발행해 왔고 이웃도 많이 모았다고 가정해 보자. 블로그 이웃들에게 선착순 10명 무료 1대1 상담 이벤트를 할 수 있다. 이를 통해 당신은 실전 상담이라는 값진 경험을 할 수 있고, 그들의 반응을 확인하여 당신의 상품을 보완 및 발전시킬 수 있다. 그리고 가장 중요한 건 후기를 받을 수 있다. 그 후기들이 향후 당신의 공신력을 높여주는 핵심 콘텐츠가 될 것이다.

무료로 상담 받은 사람들의 반응이 좋았다면 다음 단계로 넘어간다. 적은 돈이라도 받으면서 같은 상담을 진행해 보는 것이다.

1시간 상담에 3만 원 정도 책정하면 적당할 것 같다. 이제부터는 고객의 마음가짐도 달라진다. 어쨌든 돈을 내고 상담을 받는 것이기에 더 깐깐해질 것이다. 당신의 상품이 진짜 세상에 통할 만한지 본격적인 시험대에 오르는 순간이다. 고객을 만족시키지 못하면 어떡하나 걱정이 되는가? 역시 문제없다. 불만족 시 전액 환불을 내걸면 된다.

무료, 저가 상담을 통해 자신감이 붙고 고객들의 만족도도 매우 높다는 걸 확인했다면 고가 전략으로 전환한다. 1시간 상담에 20만 원 정도로 가격을 올린다. 두 가지 이유가 있다. 첫 번째는 너무 당연한 이유, 이제부터 제대로 돈을 벌어야 하기 때문이다. 그리고 두 번째 이유는 만족도 높은 고객들의 후기가 쌓이다 보면 당신을 찾는 사람들이 무척 많아질 것이기 때문에, 혼자 힘으로 이들을 일일이 응대하는 게 효율이 안 나거나, 심지어는 불가능해질 것이기 때문이다.

이렇게 가격을 올렸을 때, 고객들의 반응에 따라 두 가지 분기점이 있다. 가격을 올려도 고객이 쇄도하고 여전히 바쁜 상황이라면 가격을 또 더 올리면 된다. 당신의 상품이 그만한 가치가 있다는 뜻이니 말이다. 실제로 상담 분야에서 업계 톱을 다투는 사람들은 30분 상담에 천만 원 이상을 받아도 이상할 게 없는 세상이다.

반대로 가격을 올린 이후 상담 신청이 확 줄어들었다면, 아직 당신의 상품이 그 정도 가치는 인정받지 못한다는 뜻이다. 역시 문제없다. 다시 가격을 좀 내리면 된다. 이런 식으로 지식상품의 가격도 철저히 수요, 공급의 법칙에 따라 결정된다. 아무리 가격이 비싸도 고객이 줄을 서는 명품 브랜드가 될 것인가, 박리다매를 내세우지만 버림받는 브랜드가 될 것인가는 당신의 역량에 좌우될 것이다.

어느 정도 준비가 됐으면 조준에 시간 끌지 말고 일단 발사!
무료, 저가, 고가 순으로 차츰 가격을 높여가는 전략.
이는 지식창업 지망생들이 명심해야 할 하나의 정석과도 같은 판매 방법론이다. 정석이란 말은 반드시 알아야 한다는 의미와 함께 누구나 알고 있다는 의미도 내포하고 있다. 다음 장부터는 여기서 한 걸음 더 나아가 당신의 경쟁자들은 모르거나 간과하고 있을 판매의 필살기들을 소개할 예정이다.

고객이 구매의 벽을 넘게 만드는 3단계 전략

Step1. 첫 번째 계단

하나의 상품을 무료, 저가, 고가 순으로 판매하면서, 그 과정에서 드러나는 문제점을 수정, 보완하고 상품의 퀄리티를 높여 나가는 방법을 앞 장에서 설명했다. 이는 너무나 중요하지만 이쪽 세계에 관심을 가진 사람이라면 모르는 사람이 없는 일반론이었다. 이번 장부터는 이보다 훨씬 업그레이드된 방법을 소개하려 한다. 이건 아는 사람이 거의 없고, 제대로 실행할 수만 있다면 확실한 성과를 담보할 수 있는 강력한 방법론이다.

첫 번째 계단 만들기

고객이 우리의 상품을 구매하는 것을 벽을 넘는 것에 비유해 보자. 우리는 분명 고객에게 득이 되는 좋은 상품을 합리적인 가격에 내놓았다고 생각하지만, 고객 입장에선 심리적인 장벽, 가격적인 장벽을 넘기가 쉽지 않다. 하지만 세상에는 100만 원이 넘는 전자책이나, 수천만 원대의 컨설팅 같은 게 분명히 존재한다. 이런 걸 구매하는 고객은 어떻게 그 높은 벽을 스스로 넘을 수 있었을까? 퍼스널 브랜딩이 엄청나게 잘되어 유명 인사가 된 사람의 상품이라면, 그리고 비싸도 그 값어치를 한다는 수많은 후기들이 쌓여 있다면 불가능할 것도 없다. 아무리 높은 벽이라도 고객들이 낑낑거리면서 기어이 올라갈 것이다. 당신도 궁극적으로는 이러한 모습이 되는 걸 목표로 하기 바란다.

그런데 이제 막 사업을 시작하는 초짜라면 다른 전략이 필요하다. 고객들은 우리의 상품이 높은 벽으로 느껴지면 거들떠도 보지 않을 것이다. 그렇다고 벽을 확 낮춘다는 건 남는 게 없는 장사를 하겠다는 소리니 그럴 수도 없다. 고객들이 높은 벽을 높다고 느끼지 못하고 자연스럽게 올라가게 하는 방법은 없을까?

답은 '계단'을 만드는 것이다. 한 발 한 발 걸어 오르다 보면 아무리 높은 벽이라도 뛰어넘을 수 있는 그런 계단 말이다. 고객이 우리가 설계해 놓은 계단을 가볍게 오르다 보면 어느새 구매라는 높은 벽을 훌쩍 뛰어넘게 될 것이다.

첫 번째 계단, 즉 Step1을 만들어 보자. 낚시로 따지자면 미끼 내지 떡밥에 해당한다. 당신이 잡고자 하는 물고기가 좋아하는 떡밥을 뿌리고, 미끼를 던져 모여들게끔 만드는 게 Step1의 역할이다. 이득을 보는 건 뒤로 미뤄놓고 고객들이 우리의 상품이나 서비스에 개입되게 하는 일련의 활동들을 말한다. 이미 우리는 일상 속에서 이러한 것들을 숱하게 접하고 있다. 경품, 할인, 샘플, 체험, 서비스, 멤버십 같은 것들이 넓은 의미의 Step1이다.

1인 지식기업가들의 영원한 난제

그렇다면 우리에게 가장 적절한 Step1은 어떤 형태일까? 위의 예시 중 일부를 조합할 수도 있겠지만, 기본적으로 지식창업을 지향하는 우리가 고객에게 무상으로 제공하는 것은 '정보'여야 한다. 지식이든 노하우든 궁극적으로는 정보이다. 가치 있는 정보를 주는 사람으로 인정받으면 팬은 모이게 되어 있다.

여기서 1인 지식기업가들의 난제를 하나 소개하겠다. 앞서 소개한 콘텐츠를 쌓는 활동 그리고 첫 번째 계단을 놓는 활동, 이러한 활동을 통해서 사람들을 유입하지만, 이 사람들은 아직 고객이 아니다. 사람을 모으는 활동만으로 돈을 벌 수는 없다. 우리가 최종적으로 팔고 싶은 본상품은 저 뒤에 아직 숨어있다. 그러다 보니 자신이 가진 정보를 어디까지 풀어야 하는지가 항상 고민되는 부분이다. 만약 당신이 가진 정보나 노하우가 100이라면, 블로그나 유튜브 상의 콘텐츠로 100을 다 풀 수는 없다는 생각이 들 것이다. 마찬가지로 Step1으로 제공하는 정보의 경우에도 여기서 100을 다 공개해 버리면 사람들만 모을 수 있을 뿐 수익 창출은 못할 거라는 두려움도 있을 수 있다. 그래서 실제로 이런 전략을 많이들 쓴다. 전체 정보 100 중에서 블로그나 유튜브 콘텐츠에는 50 정도만 풀고, PDF 전자책에 70, 온라인 강의에 80, 오프라인 강의에 90, 1대1 컨설팅에 100을 공개하는 식의 방법이다. 뒤로 갈수록 고부가가치의 본상품에 가까워지니 일견 당연해 보인다. 전자책을 파는 것만이 최종 목표라면 전자책에 100을 다 담아도 되겠지만, 그러고 나면 강의나 컨설팅에서 고객에게 추가적으로 제공할 수 있는 게 없을 테니 말이다.

위의 방법이 틀렸다고 말할 생각은 없다. 아니, 상당 부분 옳은 전략이다. 하지만 엄혹한 현실을 직시할 필요가 있다.

첫째, 우리의 고객들은 알맹이 없이 떡밥만 던지는 1인 사업가들에게 그동안 많이들 당해 왔고, 이젠 지긋지긋하게 생각한다. 예를 들어, 1개월 안에 S라인, 식스팩 만드는 비법을 무료로 알려준다길래 옳다구나 하며 이메일을 제공하고 전자책을 받았는데, 막상 읽어보니 유용한 정보는 거의 없고 자기네 헬스클럽에 가입하라거나 보충제를 사라는 말 뿐이라면? 이런 정보 제공도 판매에 도움이 될 것 같은가? 안 사더라도 무료니까 너그러이 용서해 줄 것 같은가? 자신의 시간과 노력을 앗아간 해당 업체에 분노를 느끼는 게 요즘 고객들이다. 나 역시 궁금증만 유발하고 끝내 답을 주지 않으면서 유료 강의나 컨설팅으로 전환을 유도하는 콘텐츠를 만나면 매우 짜증이 난다. 이런 경우 나를 능멸한 이에게 돈까지 보태줄 생각은 추호도 없다.

둘째, 우리의 경쟁력 자체의 문제가 있다. 어느 분야든 이미 기존의 스타들이 있을 것이고, 그들이 쌓아온 내공이 엄청날 것이다. 당신이 가진 정보가 100인데 경쟁자는 200이라면? 경쟁자가 위의 공식대로 블로그에 100 정도의 정보를 공개한다면, 당신이 50 정도를 공개해서 승산이 있겠는가? 게다가 이 시장은 승자 독식의 룰을 충실히 따른다. 예를 들어 보자. 예전에는 서울에 사는 학원 강사와 부산에 사는 학원 강사가 서로 거의 얽힐 일도 없는 각자의 삶을 살아갔었다. 반면 지금은 온라인 강의 시대로 전환되면서 서울 소재 강사가 1타 강사라면 부산 사는 학생들도 다들 그 서울 사는 강사의 강의를 듣는 시대다. 즉, 후발주자이며 아직 내공도 약한 당신이 정보나 노하우를 공개하는 데 있어 아껴두고 말고 할 여유가 없다는 것이다.

그렇다면 어떻게 해야 할까? 지금부터는 사견이고 누구에게나 정답이 될 수는 없는 얘기를 해보겠다. 일단 최초로 사람들을 끌어모으는 블로그나 유튜브 등의 콘텐츠에는 모든 정보나 노하우를 다 담지 않는 게 맞다. 이는 돈 될 만한 건 아껴두라는 차원이 아니다. 이러한 콘텐츠들은 사람들의 주의를 환기하고, 흥미를 유발하고, 호기심을 자극하는 정도의 용도가 더 적절하다는 의미다. 별 생각 없이 당신의 콘텐츠를 처음 접한 사람들은 어차피 당신이 100을 다 쏟아 부은 콘텐츠를 발행해도 이를 알아보지 못한다. 그리고 이 콘텐츠를 만든 사람에게 내가 더 얻을 수 있는 게 있겠다고 판단한 사람은 어떻게든 다음 단계를 밟게 되어 있다.

그렇게 당신에게 개입된 사람들이 Step1에까지 도달했다면, 여기서부터는 곧바로 100을 다 쏟아버릴 것을 권한다. 무료로 제공되는 정보의 퀄리티가 만족스럽다면, 그걸 본 사람들은 확실히 당신의 팬이 된다. 뒷일은 나중에 걱정하자. 이 사람들은 일단 당신에게 진심 어린 고마움을 느끼고 있을 것이다. 게다가 무료 정보가 이 정도라면 돈을 내고 얻을 수 있는 정보는 얼마나 더 탁월할까 하는 기대감을 잔뜩 갖게 된다. 이 얼마나 성공적인가!

하지만 모든 걸 다 무료 단계에서 쏟아버리고 나면 뒷수습은 어떻게 하나 하는 걱정이 클 것이다. 남 좋은 일만 시켜 주고 돈을 벌지 못하면 아무 의미가 없을 테니 말이다. 그래도 괜찮은 이유 네 가지를 제시하겠다.

첫째, 사욕을 하나도 채우지 않고 아낌없이 다 퍼주는 멘토라는 포지셔닝도 나쁘지 않다. 설령 당장에 돈 벌기가 힘들어진다 해도 사람들의 신뢰라는 더 큰 걸 얻을 것이다. 이 경우 생각지도 않은 곳에서 생각지도 않은 기회가 생겨서 돈을 벌게 되는 경우가 많다.

둘째, 당신은 계속 발전할 것이다. 분명 당시에는 100을 다 풀었다고 생각했는데, 조금만 시간이 지나면 다양한 경험과 당신의 노력이 더해져 당신이 가진 지식의 총량이 120~130 정도로 높아져 있을 것이다. 게다가 뒷수습이라는 관점에서 절박함이 더해지면 발전 속도는 더욱 빠를 것이다.

셋째, 기존에 콘텐츠나 Step1을 통해 다 공개한 정보라도 이를 받아들이는 입장의 사람들은 매번 새롭게 느껴진다. 강의나 컨설팅을 통해 체계화하고, 다시 정리하고, 디테일을 좀 더 채우는 정도만으로도 당신의 상품은 그들에겐 마냥 신선하게 느껴질 것이다.

넷째, 강의, 컨설팅 등 고부가가치 상품으로 갈수록 정보의 내용 자체보다 이를 개인에게 어떻게 접목할 것인가가 중요해진다. 하나의 스윙 이론을 갖고 있는 골프 코치라도 여러 사람을 개별 레슨으로 가르치게 되면, 그들에게 해주는 구체적인 조언이 다 다를 것이다. 마찬가지로 강의 시 과제를 내주고 이를 개별적으로 피드백한다거나, 1대1 컨설팅을 통해 그 사람에게 맞춤 솔루션을 준다거나 하면 이는 그 사람에겐 무조건 최초의 경험이 된다.

첫 번째 계단 만드는 방법과 사례

콘텐츠로 사람들을 모으고 그 사람들에게 무료로 정보를 푸는 게 Step1인 것은 이해했을 것이다. 그렇다면 이러한 첫 번째 계단을 만드는 방법과 팁을 정리해 보자.

당신이 사춘기 자녀 교육 상담을 아이템으로 정했고, 블로그에 본진을 만들었고, 흥미와 깊이를 모두 갖춘 콘텐츠를 쌓아가면서 서로이웃도 많이 만들었다고 가정해 보겠다. '사춘기 남학생의 멘탈과 성적을 동시에 잡는 7가지 비법' 같은 제목의 PDF 전자책을 만든다. 이게 당신의 Step1이다. 블로그에 이 무료 자료를 홍보하면서 보고 싶은 사람은 이메일을 제출하라거나, 당신의 카페에 가입하라는 식의 큰 부담 없는 조건을 걸어 그들의 인적사항을 확보한다. 영상이나 무료 특강 같은 걸로도 동일한 효과를 기대할 수 있다. 이때 Step1에 담기는 정보나 노하우는 블로그 글만 봐서는 얻을 수 없을 정도의 깊이가 있어야 한다.

만약 당신에게 그 정도 깊이 있는 정보 생산 능력이 없다는 게 걱정이 된다면 두 가지 돌파구를 알려 주겠다.

첫째, 앞서 설명했던 타겟 좁히기를 떠올려 보라. 당신이 기타 연주 실력이 꽤 되지만, 프로 연주자만큼은 안된다면 프로들이 굳이 따라할 것 같지 않고, 비슷한 실력의 후발주자들보다는 우위를 가져갈 수 있는 영역을 만들면 된다. '초보도 1주일이면 완성할 수 있는 프로포즈용 기타 곡 10선 및 연주기법 강의' 같은 영상 강의를 Step1으로 삼아 볼 수 있을 것이다.

둘째, 때로는 몸으로 때우는 정보도 가치 있는 정보가 될 수 있다. 내가 소속되어 있는 한국비즈니스협회의 대표적인 성공 사례로 강남 오피스텔 투자 및 분양을 통해 큰 성공을 거둔 사업가가 있다. 이분의 Step1은 '강남 오피스텔 131개의 분석 자료집'이란 제목의 소책자였다. 강남 구석구석을 뛰어다니며 사진도 직접 찍고, 각 오피스텔의 입지, 동네 분위기, 소음, 주차장 여건 같이 부동산 사이트나 여타의 블로그에서는 절대 얻을 수 없는 생생한 정보들까지 총망라해서 소책자에 담았다. 이런 정보를 무료로 주겠다는데, 강남 오피스텔 투자에 관심 있는 사람 중에서 이를 마다할 사람이 있을 리가 없었다.

이렇게 Step1이 대박이 나도 당연히 그걸로는 돈 한 푼 벌 수 없다. 하지만 당신의 아이템에 관심을 갖는 사람들이 이를 통해 당신의 가두리 양식장 안에 제 발로 들어오게 된다. 강남 오피스텔 관련 정보를 무료로 받아본 그들이 실제 투자의 순간이 오면 누굴 찾았을까? 기존에 자신에게 유용한 정보를 무료로 제공했고, 그걸 통해 이미 전문가임을 검증했던 그 사람 생각이 제일 먼저 나는 건 지극히 당연하다. 실제로 사례의 그분은 강남 부동산을 주름잡으며 지금도 한 달에 10억 이상의 수입을 올리고 있다고 한다.

당신의 콘텐츠를 통해 당신에게 개입된 사람들이 Step1의 무료 정보에 만족했다면, 이젠 반쯤은 팬이 됐다고 봐도 무방하다. 당신이 설계해 놓은 첫 번째 계단을 밟고 오른 그들에게 다음 계단을 선사하자. 그들은 더 이상 당신을 벗어날 수 없게 될 것이다.

● 　　　2장에서 부업으로 전자책 만들어 판매하는 걸 다소 부정적으로 얘기하면서 더 좋은 활용 방법이 따로 있다고 말했었다. Step1에 대한 내용을 이해한다면 이제 당신도 감이 잡힐 것이다. 전자책을 하나의 사업 아이템으로 삼아 유의미한 수익을 지속적으로 창출하기는 사실상 어렵다고 봐야 한다. 하지만 본상품으로 고객을 유도하는 첫 번째 계단으로 쓰기엔 전자책 만한 게 없다. 다시 말해 나의 주장은 이러하다. 이렇게 좋은 무기로 왜 푼돈 벌 생각만 하는가? Step1을 무료로 풀어라! 그리고 이로 인해 당신에게 모여든 사람들을 통해 향후 큰돈을 벌어라!

일단 뭐라도 팔아보자!

Step2. 두 번째 계단

　Step1을 통해 한 계단 올라온 사람들이 생겼다. 그들은 당신에게 공감하고, 당신과 소통하고 싶어하며, 당신의 정보로 이득을 얻었다고 생각하며, 당신이 가진 더 많은 정보를 원한다. 여기까지만 해도 무작정 상품을 들이밀고 권유하는 것에 비해서 그들의 심리적 저항감을 훨씬 더 낮춰 놓은 상태다. 그러니 이번에는 이들을 진짜 고객으로 만들어야 할 순간이다. 뭐라도 팔아보자. 하지만 이 역시 돈을 벌기 위함이 아니다. 모인 사람들을 고객으로 전환시켜 당신에게서 벗어날 수 없게 만드는 게 목적이다.

두 번째 계단, 그들은 이제 당신을 벗어날 수 없다!

　지금부터 설명할 것은 두 번째 계단에 해당하는 Step2이다. Step1과 공통점이 있다면 돈을 벌기 위함이 아니라 사람들을 우리에게 더 깊이 개입시키기 위함이란 것이다. 그리고 둘의 차이점이 있다면, Step1이 무료로 정보를 제공하는 것이었다면 Step2는 아주 적은 돈이라도 좋으니 웬만하면 돈을 받아야 한다. 하다 못해 시간이나 노력이라도 뺏어야 한다. 하지만 Step2 역시 뭔가를 팔아서 이득을 보겠다는 개념이 아니다. 오히려 고객이 '이런 걸 이 가격에 받아도 되나?' 하는 생각이 들 정도로 다 퍼주는 느낌이어야 한다.

예를 들어, 무료 컨설팅 이벤트보다는 '100만 원 상당의 컨설팅 서비스를 3만 원에 제공' 같은 방식이 좋다. 공짜는 아니지만 수지 맞는 장사라는 느낌이 들게 해줘야 한다.

사람들은 본인 스스로 선택한 것을 중요하게 생각한다. 누군가의 강요나 유혹에 당하지 않으려고 엄청나게 경계하면서도 막상 자신이 직접 선택한 것은 틀릴 리가 없다고 믿는 심리가 있다. 주식판에서 상승 추세의 종목이 숱하게 있음에도 자신이 기존에 샀던 주식이 떨어지면 굳이 거기에 물타기를 하고 싶어하는 게 인간의 본성이다. 마트 계산대나 공항 검색대 같은 곳에서 여럿이 줄을 서서 차례를 기다리고 있는데, 내가 서 있는 줄보다 옆의 줄이 더 빨리 짧아지는 걸 본다면 이제 막 해당 줄에 합류한 사람은 금세 옆줄로 옮겨 선다. 하지만 기존의 줄에서 오래 서 있었던 사람은 '옆줄이 빨리 짧아지는 건 우연일 뿐, 이제 내가 서 있는 줄도 곧 속도가 날 거야'라고 믿으면서 줄을 옮기지 않는 경우가 많다. 심리학에선 이를 '매몰비용의 오류'라 부른다. 이성적으로 멀리 떨어져서 보면 다른 판단을 내릴 수도 있지만, 한번 상황에 집중하게 되면 계속 같은 방향으로 판단하고 행동하게 된다는 것이다. 그리고 Step2는 사람들의 이러한 심리를 이용하는 방법이다.

이렇게 두 번째 계단까지 올라간 사람들은 이젠 다시 내려가는 게 오히려 더 번거롭고 힘든 일이 되어버린다. 결국 한 계단 더 올라가서 높아만 보였던 벽을 넘어 본상품의 최종 구매 단계까지 가게 될 것이다. 이처럼 Step2는 고객이 당신을 만나기까지 돈이나 시간, 혹은 노력이든 무엇이라도 투자했기 때문에 다른 사람이 아닌 당신에게서 구매를 결심하게 되는 상품을 말한다.

Step2 역시 우리 주변에서 쉽게 찾아볼 수 있다. 첫 주문 시 만 원 할인해 주는 배달 어플, 10회 프로그램 중 1회만 무료 제공하는 PT 트레이너, 일정 기간 무료 내지 염가로 제공하는 유튜브 프리미엄이나 카카오톡 이모티콘 무제한 서비스… 이처럼 고객에게 돈을, 혹은 돈이 아니라도 시간이나 노력을 소비하게 하여 이후 본상품으로 자연스레 유도하는 사례는 무척 많다. 블로그로 돈 버는 법을 알려주는 참가비 1만 원짜리 세미나를 개최해서 앞으로 더 깊은 정보를 제공해 주고, 피드백도 해주고, 업체 연결까지 시켜 주겠다며 300만 원짜리 본상품을 권유하기도 한다. 3만 원짜리 세미나에 참가한 분들에게만 200만 원 상당의 컨설팅을 100만 원에 제공한다고 하면 꽤나 큰 혜택으로 느껴질 수 있다. 가입비나 연회비를 받는 모임들 중 이렇게 모인 돈을 그저 운영비로 소진하는 모임도 많지만, 회원들의 개입도를 높여 빠져나가지 못하게 하는 목적인 경우가 더 많다.

최강의 두 번째 계단, 책쓰기!

또 하나의 대표적인 Step2 상품으로 책이 있다. 퍼스널 브랜딩엔 책 출판만 한 게 없다. 전자책이라는 새로운 트렌드도 있지만, 실물로 발간되는 책의 저자가 된다는 건 느낌이 아예 다르다. 당신은 책을 쓸 정도로 특별한 사람이 아니라 생각해서 다른 세상 얘기로 느낄 수도 있다. 단언컨대 그건 틀렸다. 그 증거가 바로 나다. 작년까지만 해도 인생에 별다른 이벤트도 없이 월급 노예로 살아가던 내가 이렇게 책을 쓰고 있지 않은가! 쓸 만한 거리만 있으면 작가의 자격 같은 건 존재하지 않는다. 신춘문예를 통과한 사람이나 대학 교수만 책을 쓰는 시대는 진작에 끝났다. 유명한 사람만 책을 쓰는 시대에서 책을 쓰면 유명해지는 시대로 넘어온 지 오래다. 물론 당신이 쓴 책을 누가 봐줄 것인가, 어떤 출판사가 당신과 손을 잡아줄 것인가 하는 문제는 남아 있다. 출판 시장의 오랜 불황으로 인해 베스트 셀러가 좀처럼 나오지 않는 상황이고, 그럴수록 출판사 역시 검증되지 않은 작가의 책을 발간하는 모험을 꺼리는 경향이 있다.

여기서 발상을 바꿔 보자. 우리가 책을 쓰려는 이유가 베스트 셀러 작가가 되어 인세 수익을 잔뜩 얻기 위해서인가? 다시 말해서 그 책이 당신의 본상품인가? 이 질문에 대해 아마 당신은 이렇게 답하고 싶을 것이다. '책이 많이 팔리면 당연히 좋겠지만, 그보다 책의 저자라는 이름을 얻고 싶다. 그걸로 충분하다.'

지당한 얘기다. 사업가에게 있어 책 출판은 결국 Step2에 불과하다. 그러니 부담 가질 필요가 전혀 없다. 출판사에서 안 받아 주면 자비로 출판하는 방법도 있다. 안 팔리면 쌓아 놨다가 경품 같은 걸로 활용하면 그만이다. 그런데도 여전히 한국 사회에서 책의 저자라는 타이틀이 주는 무게는 엄청나다. 많은 1인 기업가들이 책 한 권 쓰고 나니 찾는 사람도 늘어나고, 강의나 강연료의 단위가 달라지더라는 얘기를 한다.

당신에게 책쓰기를 지금 당장 시작하라고 말할 순 없다. 사업을 시작하기 위해선 책쓰기 말고도 우선해서 챙겨야 할 것들이 너무나 많을 테니 말이다. 하지만 언제가 됐든 꼭 하라. 최대한 빠르게 시작하라. 아주 많은 시간과 노력을 소모하는 일이 되겠지만, 끝내 해내기만 한다면 아주 큰 보상으로 돌아올 것이다. 여기서 말하는 보상이란, 인세 수익이 아니라 수많은 사람들의 개입도를 높이는 거란 얘기를 반복할 필요는 없으리라 본다. 1인 지식기업가로 성공하는 가장 빠른 길은 유명해지는 것이다. 연예인 못지않게 그게 중요하다. 그러니 Step2로 책만 한 건 없다.

대부분의 1인 사업가들은 이걸 모른다!

또 하나의 유력한 Step2를 소개하기에 앞서 당신의 지향점을 짚고 넘어가고자 한다. 사업가가 되고 싶은지, 강사가 되고 싶은지, 아니면 코치나 컨설턴트가 되고 싶은지 말이다. 대체로 이 모든 게 하나의 사업 안에서 혼용되게 마련이니 질문의 요지가 이해가 가지 않을 수도 있다.

이를 테면 이런 거다. 만약 당신이 강사를 지향한다면 당신의 본 상품은 강의일 것이다. 강의에 모든 걸 걸어야 하고, 당신이 가진 100%를 쏟아야 할 것이다. 그리고 당연히 그에 상응하는 가격을 책정해야 할 것이다. 그런데 만약 당신의 지향점이 사업가나 컨설턴트 쪽에 가깝다면 강의는 본상품이 아니다. Step2에 불과하다. 강의를 통해 당신을 전문가로 브랜딩 하고, 수강생들을 당신의 가두리 양식장에 확보하는 의미라는 것이다.

이 부분을 대부분의 1인 사업가들이 놓친다. 강의 정도면 충분히 본상품이라 생각하고 강의 이후의 큰 그림을 그리지 못한다. 물론 강의를 아주 잘해서 강의만으로 충분한 수입을 올리는 사람도 많이 있다. 하지만 개인적으로는 그런 사람일수록 오히려 왜 저 탁월한 능력을 강의 안에 가둬 버리는지 안타까울 때가 많다. 심지어는 Step1에서 무료로 푸는 쪽으로 활용하기 딱 좋다고 앞서 소개했던 PDF 전자책을 본상품으로 삼는 사람들도 많다.

각자의 아이템이나 성향, 처한 상황에 따라 정답이 없는 문제이기에 위의 사례를 잘못 되었다고 단정지을 수는 없다. 그저 이 책의 저자는 이런 의견이구나 하고 이해해 주기 바란다. 내가 생각하는 1인 지식기업의 보편적인 판매 전략은 대략 이렇다. 먼저 콘텐츠를 쌓고, 전자책을 무료로 풀고(Step1), 저가의 강의를 제공하고(Step2),

여기까지 따라온 사람들을 대상으로 고가의 컨설팅(본상품)을 판매한다!

　여기 두 명의 강사가 있다. A는 온라인 강의 사이트에 영상편집 관련 강의를 개설했다. 꽤 많은 수강생을 모아 그들에게 과제도 부여하고, 제출된 과제를 일일이 피드백해 주고, 질문에도 답해 주면서 열과 성을 다했다. 덕분에 좋은 후기도 많이 받았다. 300명에게 3만 원씩 받아서 플랫폼 수수료를 떼고 나니 약 500만 원 정도의 순수익이 발생했다. A는 '이번 강의는 성공적이었다' 자평하며 다음 번엔 더 좋은 강의를 론칭해서 수강생 1천 명에 도전해 보자는 목표를 세웠다. 앞으로 한두 달 정도는 새로운 강의를 제작하는 데 올인할 예정이다.

　B는 같은 사이트에 피부관리 관련 강의를 개설했다. B 역시 300명의 수강생을 확보하여 500만 원 수익을 달성했다. 그런데 B는 이 수강생들을 자신의 카페에 가입시켰고, 거기서 각종 과제 평가나 피드백 활동을 했다. 그리고 이들을 지역별, 연령별, 혹은 피부 타입별로 그룹을 나눠 팀을 만들어주고, 함께 복습하고 자체적인 스터디도 진행할 수 있게 해주었다. 이러한 활동을 지속적으로 하고 싶은 사람들은 50만 원의 연회비를 내고 월 2회 개최되는 세미나에 정회원 자격으로 참가할 수 있게 해주었다. 그 카페 안에서 멘토가

추천하는 화장품 공동구매 이벤트라도 열리면 많은 사람들이 믿고 참여했다. 그리고 100만 원 상당의 1대1 상담을 원하는 사람도 그 카페 안에서 수시로 등장했다. 카페 내 활동에 적극적이고 B의 교육에 대한 수용성이 뛰어난 몇몇 사람들을 선출하여 직원으로 고용했고, 그들을 향후 B를 대체해서 이 모든 과정을 진행할 수 있는 인력으로 성장시킬 예정이다.

위 사례에서 A도, B도 다 훌륭한 강사다. 차이점은 딱 하나다. A는 그저 강사일 뿐이었고, 그다음에 대한 그림이 아예 없었다. 이에 반해 B에게 강의란 단지 Step2일 뿐, 거기서 모여든 수강생들을 통해 자신의 진짜 사업을 펼쳐나갈 그림을 미리 다 그려 놨었다는 것이다. B의 사례가 비현실적이라는 생각이 들 수도 있다. '내 아이템은 B처럼 발전시키기에 적절치 않아'라고 생각할 수도 있다. 참고로 A는 가상의 사례이고, B는 내가 아는 실존인물의 이야기를 약간 각색한 것이다. 어떤 아이템이든 B처럼 사업을 사업답게 만들 수 있어야 한다. 비슷한 퀄리티의 콘텐츠를 가진 이들 간의 격차는 이러한 기획을 해낼 수 있느냐의 여부에 따라 생기는 것이다.

드디어 본상품 판매! 거침없이 돈을 벌어라!

　드디어 대망의 본상품을 판매할 때가 왔다. 당장 돈이 되지 않는 계단 만들기의 과정을 충실히 이행해 온 당신, 이제 폭발적으로 돈을 벌 시간이다. 지식상품은 애초에 적정한 가격이란 게 없다. 물론 어느 정도 시장가가 형성되어 있기는 하겠지만, 당신이 그걸 따라갈 필요는 없다. 스스로 생각했을 때 아직 완성도가 떨어지는 상품이라면 저가로 출시해야 할 것이다. 반대로 고객에게 1억 원 이상의 가치를 제공할 자신이 있다면 가격을 1억으로 책정해도 잘못된 게 전혀 아니다. 우리가 다양한 채널을 운영하면서 퍼스널 브랜딩에 심혈을 기울이고, 무료 혹은 저가로 양질의 정보를 제공했던 이유는 오직 우리 자신의 몸값을 높이기 위함이었다. 그 몸값이 바로 우리 상품의 가격이 된다.

지식사업에 박리다매는 없다!

　저가 상품을 출시하여 박리다매 전략으로 가는 건 어떨까? 우리가 공장에서 찍어 내는 물건을 판매한다면, 원가 절감을 통해 저렴한 가격으로 승부를 볼 수도 있을 것이다. 하지만 지식상품은 애초에 원가를 논할 성격이 아니다. 1천 원짜리 과자를 100만 개 판매하는 A 회사와 1억짜리 부동산을 10개 판매하는 B 회사의 매출액은 동일하다. 이에 반해 지식사업에서는 당신이 과자를 파는 사람인지, 부동산을 파는 사람인지, 다시 말해 어느 정도의 가치를 고객에게 줄 수 있는 사람인지를 따지게 될 뿐이다. 과자 정도의 가치밖에 못 주는 사람이라면 그 과자를 10개 팔기도 버거울 것이고, 부동산 정도의 가치를 줄 수 있는 사람이라면 부동산을 100만 개 팔 수도 있는 그런 세계인 것이다.

그런 관점에서 보자면 사실 당신이 판매할 본상품의 가격은 이미 결정되어 있다. 당신이 어떤 삶을 살아왔고, 얼마나 탁월한 정보나 노하우를 가졌느냐, 그리고 이전 장에서 설명했던 사업 아이템 정하기, 콘텐츠 쌓기, 계단 만들기 등의 과정을 얼마나 충실히 잘 밟아 왔느냐에 좌우될 테니 말이다. 다시 강조하지만 그동안 조성해 온 당신의 몸값이 곧 당신 상품의 가격이다. 시작부터 너무 높은 가격을 부르기는 어려울 것이다. 그런데 최초 책정한 가격대의 고객 반응이 괜찮다면 당신은 가격을 올려야 한다. 그래도 여전히 고객 반응이 나쁘지 않다면 가격을 또 올린다. 이렇게 지속적으로 가격을 올리다 보면 고객 반응이 시들해지는 순간이 올 것이다. 그러면 '나라는 사람은 고객들에게 이 가격 정도로 인정받고 있구나'라고 생각하고 다시 가격을 내려서 적정선을 찾으면 된다.

가격을 높이는 유일한 왕도는 당신의 전문성을 높이는 것임을 이해했으리라 믿는다. '그래도 뭔가 고객들의 심리적 저항감을 줄이면서 가격을 높이는 기발한 전략이 없을까?' 이런 궁금증을 느끼는 분들을 위해 약간의 테크닉을 소개해 보기로 한다.

얼리버드 전략

클래스101을 비롯한 모든 강의 사이트에서 천편일률적이라 할 만큼 보편적으로 취하고 있는 전략이다. 시간이 지날수록 가격이 높아질 것임을 사전에 못박아 둔다. 할인 전 가격이 원래 100만 원인데 이달 안에 수강신청하면 얼리버드 혜택이 적용되어 70%나 할인된 30만 원에 수강할 수 있다 하는 식이다. 원가가 들지 않는 지식상품의 특성상 이는 가격 할인 혜택이 아니라 가격 인상 예고에 불과하다. 바보가 아닌 이상 누구나 아는 사실이다. 그래도 '100만 원'이라는 글귀에 빨간 줄이 그어져 있고, 그 옆에 '70% 할인'이라는 문구가 반짝거리면 사람 마음이란 게 또 왠지 급해지고, 혜택을 놓치면 안될 것 같고, 그리 되게 마련이다.

당신의 지식상품도 이와 같은 가격 구성을 해볼 수 있다. 특히 이 경우 얼리버드 고객의 만족도가 높고 그게 고스란히 후기로 남는 경우 자연스럽게 가격 인상을 할 수 있다는 장점이 있다. 후기를 적는 사람이 큰 할인 혜택을 받았다고 떠벌리는 일은 웬만해선 없을 테고, 약속된 할인기간이 지나면 이전 가격은 그냥 지워 버리면 된다. 그러면 그 이후 당신을 찾은 고객은 후기들을 보고 '다들 이 가격에도 만족을 하는구나' 이렇게 생각할 것이다.

팅기기 전략

이성 간 연애 시 대시하는 남성과 팅기는 여성을 상상해 보자.

요즘은 성별이 반대가 되는 경우도 많다지만, 그냥 스테레오 타입으로 해야 상상하기 쉬울 것이다. 그리고 당신이 판매자라면 대시하는 입장에 감정이입이 될 것이다. 어떻게 하면 저 튕기는 고객을 붙잡을 수 있을지 당신은 항상 노심초사한다. 이 일종의 갑을관계를 역전시켜 보자. 판매자인 당신이 튕기는 것이다. 한정판 상품이라 이번 주까지만 판매한다, 선착순 5명까지만 신청 받는다, 사전 과제를 제출하지 않으면 신청할 수 없다… 이런 식의 안내문을 발송한다.

앞으로 손에 넣을 수 없을 거라는 두려움이 생긴 무언가에는 보다 많은 가치가 부여되곤 한다. 이는 인간의 비축 본능에 기인한다. 일단 확보한 후에 자세한 것을 파악하는 게 더 안전하다고 생각한다. 그러니 이런 경우 평이한 안내문을 받았을 때보다 고객들의 반응이 더 클 거라는 건 충분히 예상 가능하다.

튕기기 전략의 끝판왕은 '아무에게나 안 판다' 컨셉을 가져가는 것이다. 롤스 로이스나 파텍 필립 같은 브랜드는 고객을 심사하고 선별한다. '우리 브랜드는 돈만 있다고 아무나 살 수 있는 게 아니다' 하는 선언을 대놓고 해버림으로써 충성고객들의 열렬한 지지를 이끌어 냈다. 국내의 한 인플루언서 사업가는 유튜브에 콘텐츠를 쌓는 단계에서부터 '지능이 떨어지는 사람은 어차피 안 볼 영상'이라며 소위 어그로를 끌었다. 그의 업체 홈페이지에도 '우릴 모르면 그냥 나가도 좋다', '업계 1위라는 이유만으로 신청하는 사람은 거절한다' 등의 일견 오만불손해 보이는 카피라이팅을 잔뜩 덮어 놓았다. 이에 반감을 갖는 사람은 알아서 떨어져 나갔고, 그의 고객이 된 사람은 뭔가 시험에 통과하고 선택된 사람이라는 기분을 갖게 되어 충성도가 더욱 높아졌다.

저가형-표준형-프리미엄형 3단 구성

크몽 같은 사이트에서 흔히 볼 수 있다. 저가형에서는 가장 기본적인 서비스만 제공한다. 김밥집에서 파는 3천 원짜리 기본 김밥에 비유할 수 있다. 표준형에서는 해당 상품의 정수를 담은 알짜 서비스를 제공한다. 참치김밥, 돈가스김밥 같은 걸로 비유할 수 있다. 마지막으로 프리미엄형 상품은 표준형보다 훨씬 더 업그레이드된 서비스를 제공한다. 이런 것까지도 해줄 수 있다는 걸 모두 보여준다. 캐비어와 연어살을 곁들인 캘리포니아롤 정도로 비유하면 될까?

여기서 하나 지적하고 싶은 건 크몽의 방식이라 했지만 크몽을 벤치마킹하진 마라는 것이다. 그곳의 판매자들은 하나같이 표준형에만 집중하고, 프리미엄형은 '어차피 아무도 안 사겠지만' 이런 정서를 깔고 있는 경우가 대부분이다. 하지만 이는 명백히 잘못된 전략이다. 세상에는 그만한 가치만 있으면 기꺼이 프리미엄형을 택하는 고객이 틀림없이 존재한다. 당신이 자동차 전문가가 아닌 이상 벤츠와 국산 자동차의 기능적인 부분에서 가격 차이만큼의 격차를 절대 느끼지 못할 것이다. 그런데도 요즘 길에 나가보면 얼마나 많은 벤츠가 돌아다니는가? 호텔 스위트룸은 일견 말도 안되는 가격이 책정되어 있다. 그래도 일반 룸이 아닌 스위트룸을 원하는 고객이 분명 존재하기에 호텔들은 전체 객실의 1/10 정도는 스위트룸으로 마련해 두는 것이다. 현실이 이럴진대 지식상품은 그러한 경향이 더 강하지 않겠는가? 고객들에게 우리 상품의 가치를 최대치로 어필할 수만 있다면 오히려 프리미엄형을 주력 상품으로 밀어도 된다.

게다가 너무 과한 가격을 책정하면 고객이 등을 돌리지 않을까 걱정할 필요도 없다. 왜냐하면 우리는 분명 고객에게 선택권을 주었으니까. 프리미엄형 상품이 도저히 감당 안되는 사람은 표준형이나 저가형으로 가면 그만이다. 이것이 3단 구성의 강점이다. 고객이 세 번 거절하기 전까진 아직 최종적으로 거절한 게 아닌 것이다.

양식장 운영하기, 먼 바다로 나가기!

구독자 수가 많은 유튜버나 팔로워 수가 많은 인스타그래머가 성공했다는 말을 듣는 이유는 간단하다. 일단 사람을 많이 모았고, 그렇게 모인 사람들이 어떻게든 돈 벌 기회를 만들어 주기 때문이다. 그들이 무조건 고객이 된다는 1차원적인 얘기는 당연히 아니다.

가두리 양식장에 비유하기도 했었지만, 엄밀히 말해 그들을 가두고 있는 건 아무것도 없다. 그 양식장에 먹이가 잔뜩 있으니 자발적으로 머무는 것일 뿐, 더 이상 스스로에게 유익할 것이 없다고 생각되면 언제든 탈출할 수 있다.

지식사업을 지속하기 위해서는 두 가지 활동을 게을리하면 안된다. 하나는 계속 새로운 사람들을 유입시키는 활동이고, 또 하나는 기존에 유입된 사람들이 빠져나가지 않도록 관리하는 것이다.

먼 바다로 나가기 – 신규 고객 창출

이전에 소개했던 본진 및 서브 채널 구축, 콘텐츠 쌓기, Step1 무료 자료 제공하기, Step2 저가 상품 판매하기 등의 방법들을 충실히 이행했고, 그로 인한 본상품 판매의 경험도 어느 정도 쌓았다면 이젠 공격적으로 사업을 확장시키는 게 중요하다. 그리고 사업에 있어서 공격적이라는 말의 뜻은 거의 다 이거다. 돈을 써야 할 때는 팍팍 쓴다는 것.

신규 고객 창출을 위한 마케팅 활동이 지속적으로 이뤄져야 한다. 네이버, 구글, 유튜브, 페이스북, 인스타그램 같은 대형 플랫폼은 예외 없이 돈을 내고 광고를 게재할 수 있다. 대기업부터 1인 기업까지 누구나 예산에 맞춰서 온라인 광고를 집행하는 추세다. 당신의 아이템이나 사업의 특성과 가장 어울리는 플랫폼에 가장 적합한 형태로 광고를 올려 보자. 이때 당신의 온라인 광고는 온 국민을 대상으로 하지 않는다. 네이버 검색 광고는 해당 키워드를 검색한 사람에게만 보여지는 것이니 당연히 관심 있는 사람에게만 노출된다. 인스타그램이나 페이스북 같은 SNS의 경우 당신이 원하는 연령대, 직업, 성별, 지역 같은 걸 특정해서 이에 해당하는 사람들에게만 광고가 나가게 할 수 있다. 한 번 관심을 가진 사람이 어딜 가든 반복해서 노출되는 리타게팅 광고도 최근 들어 각광받고 있다. 그러니 좁고 뾰족하게 타게팅이 잘되어 있을수록 광고 효과도 그에 비례해서 높아진다.

상품을 광고할 수도 있고, 홈페이지나 카페 같은 본진을 광고할 수도 있고, 특정 콘텐츠를 광고할 수도 있다. 특히 콘텐츠 광고는 해당 콘텐츠가 실려 있는 본진으로 사람들을 유입시키는 용도다. 상품 광고 역시 해당 상품을 구매하지 않더라도 그 상품에 이끌려 온 사람들을 본진에 유입시킬 수 있다면 절반의 성공이다. 이처럼 지식사업에 있어 마케팅이란 결국 보다 많은 사람들을 당신의 본진으로 유입시키기 위한 일련의 활동이다.

양식장 운영하기 – 잠재고객 풀 관리

본진에 모여 있는 사람들에게 유익함을 제공해야 한다. 그걸 해내면 그들이 고객으로 전환될 것이고, 해내지 못하면 하나둘씩 떠날 것이다. 그러니 사람을 모으는 것만큼이나 모인 사람들을 관리하는 게 중요하다.

분명히 사람은 많이 모여 있지만, 신규 글이 올라오지 않는 유령 카페, 광고 메시지만 이따금 올라오는 단톡방 같은 걸 당신도 본 적이 있을 것이다. 사람을 모은다는 가장 어렵고 중요한 단계를 성공적으로 해냈으면서도 막상 진짜 돈을 벌 수 있는 다음 단계를 제대로 설계해 놓지 못해서 잠재고객 풀을 날려먹는 경우다. 배고픈 사람들을 잔뜩 불러 앉혀 놨으니 음식만 제공하면 돈을 벌 수 있을 텐데, 막상 제공할 음식이 없는 거다. 어리석다고 느껴지는가? 이런 케이스는 무수히 많다. 그리고 모인 사람들이 고객이 되게끔 사업 모델을 만드는 건 결코 쉬운 일이 아니다.

그럼 이 사람들을 어떻게 관리해야 하는 걸까?

첫째, 당신이 이들에게 지속적으로 영향력을 행사해야 한다. 정기적으로 무료 특강, 전자책 증정, 세미나 초대 등의 Step1, Step2를 계속 공급해야 한다. 그렇게 해서 역시 여기 끼어 있는 게 도움이 된다는 생각이 들게끔 만들어 줘야 한다. 먼 바다로 나가는 게 외부 고객을 끌어오는 활동이라면, 이건 내부의 잠재고객이 더 깊이 개입되어 언제라도 본상품을 구매할 수 있게 유도하는 활동이다. 당신이 사업가라면 피할 수 없는 사업가 본연의 활동인 것이다.

둘째, 그들끼리의 커뮤니티를 활성화시켜야 한다. 블로그나 유튜브에 비해 오픈채팅방이나 카페가 유리한 점은 모인 사람들끼리 서로 소통할 수 있다는 것이다. 그 사람들을 자기들끼리는 아무런 소통 없이 당신이 던져주는 먹이만 기다리는 아기새로 만들어선 안된다. 채널을 운영하는 당신은 그들끼리 해볼 수 있는 이벤트를 만들어 준다거나, 팀을 짜서 스터디를 할 수 있게 해 준다거나, 그 외에 모든 방법을 동원해서 이 모임을 퍼실리테이팅(facilitating)해야 한다.

사람이 모인다는 것의 진짜 의미

지식사업가가 사람을 모으는 게 얼마나 중요한지는 더 이상 설명이 필요 없을 것이다. 그런데 이를 단순하게 오직 고객을 만들기 위함이라고 생각하지는 않으셨으면 한다. 그들은 당신에게 돈을 갖다 바치기 위해 거기에 머무는 게 아니다. 실제로 그 공간에는 당신에게 어느 정도 개입은 되어 있으나 고객으로까지는 이어지지 않은 사람들이 대부분일 것이다.

어떤 사람은 빨리 판단하고 빨리 구매할 수도 있다. 어떤 사람은 꽤 오랜 시간을 관망만 하고 있을 것이다. 당신이 변함없이 그들에게 유익함을 준다면 그들도 언젠가는 고객이 될 것이다. 그렇다면 실제로 본상품 판매까지 성공한 사람들은 이제 어떻게 되는 걸까? 더는 쓰임이 없으니 놔줘도 되는 사람일까? 당연히 그렇지 않다. 계속 함께할 수 있게 해야 한다. 추가 판매도 나올 수 있고, 입소문을 내줄 수도 있다. 금액으로 환산할 순 없지만 막연한 호감 정도이든, 엄청난 광팬이든 당신에게 개입되어 모인 사람들은 당신의 자산이다. 그들로 인해 당신의 영향력이 생긴다. 세상에 당신이 누구인지 설명할 때 긴 말 필요 없이 그들의 존재를 보여주면 된다.

지금까지 돈 버는 방법에 대해서만 얘기한 것 같긴 한데, 더 근본적인 걸 생각해 보자. 당신에게 많은 사람이 모였다면 그만큼 당신이 세상에 소중한 가치를 전하고 있다고 볼 수 있다. 우리가 직장을 탈출한 이유가 단지 돈을 더 벌고 싶어서는 아니었다. 직장에서 기계의 부속품 신세였던 자신을 벗어나 삶의 진정한 의미를 찾고 싶었다. 우리도 뭔가를 만들어 내고, 그로 인해 세상에 뭔가 의미 있는 발자취를 남기고 싶었다. 그렇지 않은가? 적어도 나는 그랬다.

당신에게 모인 그 사람들은 당신의 가치를 알아주고 공감해 주는 이들이다. 당신에겐 이러한 고마운 사람들을 온 힘을 다해 도와주고, 지켜주고, 행복하게 해 줘야 할 의무가 있다.

그 안에서 고객만 나오는 게 아니다. 협력자도 나오고, 심지어는 경쟁자도 나온다. 향후 당신의 사업이 커지게 되면 직원이나 동업자도 그 안에서 나올 확률이 매우 높다. 가망고객 풀이라는 지극히 비즈니스적인 관점에서만 그들을 본다면 장담컨대 그 사업 오래 못 간다. 그들의 진정한 의미는 사랑과 정성으로 최선을 다해 가꿔가야 할 당신의 우주이다.

지금까지 1인 지식기업 하나를 창업하기 위한 단계와 각 단계별 전략을 알아보았다. 시중에 1인 기업에 대한 많은 책이 나와 있고, 유튜브나 블로그에서도 관련된 내용을 쉽게 찾아볼 수 있지만, 이 책처럼 깊이 들어간 내용을 만나보진 못했을 것이라 자신한다. 대신 전반적인 밑그림을 보여주는 데 치중하다 보니 각 단계별 세부적인 디테일까진 다루지 않았다. 예를 들어, 블로그 알고리즘에 대한 내용이나 SNS 광고 집행 방법 같은 걸 자세히 설명하면 그것만으로 책 한 권 분량은 쉽게 나올 것이다. 이제부터 당신의 아이템이나 전략에 맞게 필요한 역량을 갖춰 나가는 추가적인 노력이 필요한 이유다.

그리고 지금부터는 기존의 1인 기업가 그 누구도 당신에게 해준 적 없는 이야기를 들려주고자 한다. 그들이 아래의 이야기를 당신에게 해주지 않은 이유는 두 가지다. 그들이 보기엔 당신에게 너무 먼 이야기라서 당장 말해 줄 필요가 없다고 생각했거나, 아니면 그들도 몰랐거나.

온라인 건물주라면서요? 그런데 왜 그렇게 바쁘죠?

우리가 사업가를 지향하는 이유는 돈과 시간의 자유를 얻고 싶어서다. 직장인은 큰돈을 벌 수도 없고, 자신의 시간을 팔아서 그

돈을 버는 것이니 시간의 자유와는 더더욱 거리가 멀다. 그래서 우리는 직장을 탈출해서 내 사업을 만드는 방법을 연구하고 있다. 그렇다면 이 책에서 지금까지 나온 내용을 완벽하게 이해하고 내 것으로 만들면 진정한 돈과 시간의 자유를 얻을 수 있는 걸까? 저자가 이런 말 하는 게 어이없게 느껴질지도 모르겠지만, 나의 답변은 '아니오'다.

1인 지식기업가는 온라인에 본진을 만들어 그 안에 사람을 모으고 그들로 인해 지속적인 수익을 창출한다. 그래서 이를 '온라인 건물주'에 비유하곤 한다. 그런데 실제 건물주들을 우리가 부러워하는 이유를 생각해 보자. 실제로도 그런지는 차치하고 일단 우리 눈엔 가만히 앉아서 돈 버는 것처럼 보이기 때문이 아닌가? 다시 말해 돈을 많이 버는 것에 대한 부러움도 있지만, 더 근본적인 부러움은 그들이 시간적으로 너무나 여유로워 보이는 데서 오는 것이다.

이에 반해 1인 기업가들은 바쁘다. 사람을 모으는 활동과 모인 사람들을 관리하는 활동을 꾸준히 해야 한다. 당장 돈도 안 되는 콘텐츠 생산 활동을 절대 게을리하면 안되고, 강의든 컨설팅이든 남에게 맡길 수 있는 건 아무것도 없다. 상품도 스스로 만들어야 하고, 마케팅도 영업도 다 스스로 해야 한다. 경쟁력 있는 고유의 콘텐츠도 있어야 하고, 팔방미인이 되어야 하고, 성실하기까지 해야 한다. 자는 동안에도 돈이 들어온다고? 현실은 잠을 줄여가며 회사 다닐 때보다 더 많은 노력을 해도 될까 말까다.

그럼에도 불구하고 이 일은 여전히 매력적이다. 우리를 기계의 부품이 아니라 세상에 가치를 전하는 사람이 되게 해준다. 정해진 출퇴근 시간도 없고, 카페나 휴양지에서 일한다고 뭐라 할 사람도 없다. 그런데도 당신만 잘하면 직장 다닐 때보다 훨씬 나은 수입을 올릴 수 있다. 책의 내용대로 충실히 이행하고도 소위 말하는 월천 정도 수익을 찍어보지 못하는 분이 있다면 나를 찾아오기 바란다. 그 정도로 이 책의 방법론이 막강하다는 걸 자신한다. 당신도 막상 경험해 보니 마냥 장밋빛은 아니더라는 걸 깨달았다 하더라도, 이 길을 선택한 게 옳았다는 확신은 흔들리지 않을 것이다.

다만 여기서 이걸 생각해 보자. 이렇게 바쁘고 고된 삶은 어쩔 수 없는 것인가? 돈을 많이 벌려면 열심히 살아야 하는 건 당연한 것이니 그저 감내하려 하는가? 건물주나 우리 회사 사장이 편하고 한가해 보이는 건 그들이 금수저라 그런 거니 어쩔 수 없는 거고, 당신은 더 많이 벌려면 더 열심히 일해야 한다는 세상의 보편 법칙을 그저 따르려 하는가? 일하지 않는 자는 먹지도 말라, 노동의 가치는 신성하다 어쩌고 하면서?

자동화, 시스템화까지 만들어야 비로소 사업가다

공장을 운영하는 김사장은 한가하다. 실제로 어떤지는 알 수 없지만, 대체로 한가해 보인다. 이유는 간단하다. 그가 직접 물건을 만드는 게 아니라 공장의 기계가, 직원들이 그의 일을 대신해 주기 때

212

문이다. 자는 동안에도 돈이 들어온다는 말이 진정으로 어울리는 그런 사람이다. 그가 평일 낮에 라운딩을 돌고 있는 걸 보고 저 한가해 보이는 사람이 누구냐고 물으면 이런 대답이 돌아온다. "사업하는 분이셔."

우리도 사업가다. 1인 기업도 기업이고, 지식상품도 상품이다. 하지만 1인 지식기업가 대부분은 엄밀히 사업가 소리 듣기 민망한 수준이다. 그냥 프리랜서라 부르는 게 더 적합한 경우가 많다. 이 차이점은 어디서 발생하는 걸까? 김사장은 해냈고, 우리는 해내지 못한 게 대체 뭘까?

답은 누구나 알고 있다. 사업을 자동화시켰느냐의 여부다. 기계를 가동하고, 직원을 고용하여 생산이나 판매 전 공정을 자동화, 시스템화시키면 사장이 할 일은 없다. 하지만 그 인프라가 자신의 것이기에 가만히 있어도 큰돈을 벌 수 있다. 이걸 지식기업에는 접목할 수 없을까? 아예 이런 쪽으로 발상조차 못해 본 사람들, 혹은 잠시 생각해 보고 불가능하다고 접은 사람들이 대부분이다. 그들이 멘토를 자처하니 여태 당신도 그 너머의 세계를 배울 기회가 없었던 것이다.

하지만 단언컨대 지식기업도 얼마든지 자동화할 수 있다. 그런 사례도 차고 넘친다.

누구나 아는 얘기 먼저 해보자. 자동화를 위한 첫 번째 요소는 컴퓨터, 스마트폰 같은 IT 기기와 인프라이다. 컴퓨터 활용 능력이 좋을수록 시간을 벌 수 있다. 타자를 빨리 치는 능력이 있으면 그 자체로 시간을 아낄 수 있고, 영상 편집 기술이나 포토샵 등의 프로그램 활용 능력이 있으면 질 좋은 콘텐츠를 제작할 수 있는 장점 못지않게 시간 단축이란 이점을 획득한다. 오픈채팅방에 자동답변봇을 설치하면 사람들을 일일이 응대할 시간을 벌 수 있다. 혹은 돈을 쓸 땐 써야 하는 경우도 있다. 프린터기나 각종 사무용품, 유료 버전을 구매해야 하는 각종 프로그램 같은 것들이 당신의 시간을 아껴주고 자동화에 기여한다면 과감히 돈을 써야 한다.

여기까지는 누구나 충분히 이해 가능한 뻔한 얘기다. 하지만 이 정도로는 부족하다. 1인 기업가들이 간과하는 사업 자동화의 진짜 핵심은 바로 '사람'이다.

1인 기업가가 놀면서 떼돈 버는 방법

앞서 예를 들었던 공장이야 사장이 누구든 생산되는 제품의 질이 딱히 달라질 일은 없을 것 같다. 하지만 1인 지식기업의 경우 우리의 경험과 지식이 녹아 있는 고유의 아이템으로 승부하는 분야다. 그러다 보니 누군가가 우리를 대신해 강의를 하고 컨설팅을 하는 걸 상상하기 어렵다. 게다가 이 사업을 키우는 과정에서 우리는 스스로를 브랜딩하고 대체불가의 존재로 만들기 위해 최선을 다해왔다. 그러다 보니 사업이 너무 잘되면 잡일을 거들어 줄 직원을 둬야겠다는 정도의 생각은 할 수 있어도, 이 사업을 다른 누군가를 통해 자동화시킨다는 발상은 하기 힘들다.

이걸 뛰어넘어야 진짜 사업가다. 이걸 못 해내는 사람의 최대치가 '바쁘게 일하면서 꽤 많은 돈을 버는' 정도라면, 이 단계까지 돌파하는 사람은 '말도 안 되게 큰돈을 벌면서 시간적으로도 자유로운' 경지로 갈 수 있다.

당신이 며느리에게도 안 가르쳐 준다는 비법 레시피를 알고 있어서 아주 맛있는 음식을 제공하는 식당을 차린다고 가정해 보자. 손님이 북적이고 장사가 잘되는 식당이 되어 제법 큰돈을 벌 수 있을 것이다. 하지만 그 비법 레시피는 주방 아줌마에게도 공유하지 않을 것이고, 재료 준비부터 밑간이나 불 온도까지 당신이 일일이 챙겨야 할 것이다. 돈은 많이 벌지언정 주말도 휴일도 없고, 눈코 뜰 새 없이 바쁜 삶을 감수해야 할 것이다.

이때 진정으로 돈과 시간의 자유를 얻고 싶다면, 당신은 프랜차이즈를 해야 한다. 당신이 알고 있는 그 레시피와 재료를 세팅해서 공급해 주면 누구나 그 음식을 만들 수 있도록 시스템을 갖추고, 음식이 아니라 그 시스템을 팔아야 한다. 전국 각지에서 당신을 대신해 당신의 음식을 판매하는 조직을 구축하고, 당신은 그 조직의 주인으로 남으면 된다. 이러면 돈은 폭발적으로 벌리게 될 것이며, 당신은 더 이상 주방에 들어갈 필요가 없을 것이다.

책에서 지금까지 설명한 것은 따지고 보면 당신이 스스로를 증명해 내야 하는 1호점을 만드는 방법에 대한 것이었다. 일단 당신이 최고의 요리사고 저 식당 음식이 맛있다는 증명이 되어야 이후 2호점, 3호점으로 사업을 키울 수 있을 테니 말이다. 그 증명을 해내기만 해도 훌륭하다. 그걸 못해 중도 탈락하는 사람들이 태반이다. 하지만 이왕 그걸 해냈다면 거기서 머물 이유가 없다.

이게 지식사업에도 적용이 되냐고? 된다. 당연히 된다. 원할머니 보쌈만 있는 게 아니라 윤선생 영어교실도 있다. MKYU에서 김미경 강사는 대표성만 담당하지 콘텐츠를 만들고 강의하는 사람은 따로 있다. 당신의 지식을 체계화, 매뉴얼화 하라. 그리고 당신을 대신해 줄 사람을 선발하여 이를 전수하라. 그 사람을 직원으로 쓴다면 당신의 어깨를 가볍게 해줄 것이며 당신의 시간을 벌어줄 것이다. 그 사람을 지부장으로 임명하고 2호점을 낼 수도 있다. 당신을 대신해서 강의나 컨설팅을 하며 당신에게 돈을 벌어줄 것이다. 그런 사람이 열명이면 열 배, 백 명이면 백 배의 매출이 발생한다. 그 사람에게 나눠줄 몫을 감안하더라도 당신은 앉아서 지금보다 훨씬 많은 돈을 벌 수 있게 된다.

딱히 새롭거나 독특한 방법론이 아니다. 하지만 대부분의 1인 기업가들이 생각 못하는 맹점이기도 하다. 사업은 원래 이렇게 하는 거고, 이런 식으로 확장하는 거다. 사업가 치고 이걸 모르는 사람은 거의 없다. 당신을 대신해서 돈을 벌어주는 시스템은 결국 사람이다. 지식사업이라고 다를 바 없다.

이 단계까지 온 사람은 직장 다닐 때와 비교도 불가할 정도의 돈을 벌고 있지만, 사업은 자동으로 돌아가니 딱히 바쁘지도 않은 상태일 것이다. 그에겐 즐거운 양자택일이 기다리고 있다. 다른 사람에게 경영을 넘기거나, 아예 기업을 매각해 버리고 이른 은퇴를 할 수도 있다. 세계 일주를 하든, 호화 요트를 타든 버킷리스트를 하나하나 채워가며 남은 인생을 살 수 있다. 아니면 이 남아도는 시간을 이용해 새로운 사업을 구상해 볼 수도 있다. 이미 무자본으로 혼자 시작해서 이 정도 기업을 만들어 봤는데 다른 사업을 한다고 해서 두렵거나 할 일은 없을 것이다.

엉뚱한 상상을 해본다.

이 책이 베스트셀러가 되고, 직장 탈출이 사회적인 이슈가 된다. 회사에 올인하며 사는 라이프스타일이 미련한 것으로 여겨진다. 정시 퇴근 후 사이드 잡을 하는 게 새로운 트렌드로 자리 잡는다. 퇴사하는 동료에겐 먼저 탈출하는 이에 대한 부러움과 동경을 담아 진심으로 축하해 주고, 자신도 빨리 그 뒤를 따르겠노라 다짐들을 한다. 직장을 나온 동료들의 성공담을 SNS로 쉽게 접하게 된다. 세상의 피고용인들이 모두들 반역을 꿈꾸며 회사 몰래 칼을 갈고 닦는다. 직장에서 열심히 일하고 따박따박 월급 받는 인생에 대한 신화가 무너진다. 그렇게 사회 시스템이 붕괴된다.

한때 '소는 누가 키워?'라는 말이 유행했다. 누구나 스타가 될 수도 없고, 그래서도 안되고, 모두가 빛나는 자리만 탐할 것이 아니라 묵묵히 빛나지 않는 곳에서 주어진 일을 수행하는 그런 사람들도 꼭 필요하다는 뜻일 게다. 소수의 부자, 자본가, 시스템이나 플랫폼을 소유한 자들과 다수의 성실한 일꾼들이 어우러져야 우리 사회가 정상적으로 작동한다는 걸 잘 알고 있다.

하지만 나는 〈국가론〉을 쓴 플라톤 같은 철학자도 아니고, 사회 전체를 공리주의적 시각으로 디자인할 수 있을 정도의 식견을 가진 사람도 못 된다. 세상을 뒤집는 혁명가가 될 생각도 없다. 그저 적어도 이 책을 마지막까지 읽고 있는 당신만큼은 '소 키우는' 사람으로 만족하지 않았으면 하는 바람뿐이다.

이 책의 파급력으로 인해 사회가 무너지는 건 말도 안 되는 상상일 뿐이지만, 사실 현재의 사회 시스템은 이미 지금 이 순간에도 무너지고 있고, 우리는 그걸 10년이나 20년 후에야 절실히 깨닫게 될 것이다. 시행한 지 얼마 지나지 않은 주 52시간 근무가 차츰 자리잡고 있고, 지금의 일자리 지형을 송두리째 바꿔 놓을 4차 산업혁명이 코앞으로 다가왔다. 집 값이 두배, 세배 올랐는데, 연봉은 물가 상승률 정도 오르는 게 전부. 물가 상승률에 집값은 잡히지 않으니 사실은 비현실적으로 낮은 급여를 받는 셈이다. 게임의 규칙이 모두 바뀌고 있는데, 아직도 구시대의 룰을 절대적인 것으로 여기고 월급이라는 마약에 취해 살겠는가? 바뀌는 룰을 미리 숙지하고 그에 대한 대응책을 세워 두는 건 당신의 인생에 대한 최소한의 예의다. 당신이 나와 같은 '인생을 낭비한 죄'를 짓지 않길 바라는 마음 간절하다.

쉰들러가 혼자 힘으로 나치의 유태인 학살 행위를 막을 수는 없었다. 그저 '한 사람을 구하는 것은 온 세상을 구하는 것과 같다'는 탈무드의 격언을 따라 자신이 할 수 있는 일에 최선을 다했고, 그 결과 1,100명의 유태인이 구출될 수 있었다. 영화 〈쉰들러 리스트〉 이야기다.

나 역시 그러한 마음가짐으로 이 책을 썼다. 누군가 한 사람의 인생이라도 내 힘으로 더 좋은 방향으로 인도할 수 있다면 소기의 목적은 이룬 것이다.

당신의 앞날을 응원한다. 나는 당신과 어깨 걸고 함께할 것이다.